펜타랜드

양기연 연작소설집

펜타랜드

열림원

차례

「펜타월드 : 구원받은 세계」 게임 소개 ——— 7

테마파크 펜타랜드 소개 ——— 9

1. 식소다 낙뢰 ——— 11

2. 도넛 모양의 틈 ——— 43

3. 폭죽 파편 맞기 ——— 73

4. 지빠귀의 구애 ——— 101

5. 영웅의 행진 ——— 151

「펜타월드 : 구원받은 세계」 게임 소개

최고의 토벌대를 꾸려 마왕에 맞서라!

당신은 이 세계의 플레이어이자 주인공입니다.
펜타 대륙을 여행하며 동료를 모집하세요.

거대 식물 숲, 번개를 다루는 요정들의 나라 썬더볼트
풍부한 탄광, 철저한 계급의 나라 오세아니아
물과 스모그, 증기기관의 나라 탈라세나반도
사막 속 사이버 오아시스, 과학기술의 나라 네메시온

곳곳을 누비며 당신은 악마와 괴수를 물리치고,
채집을 통해 토벌대를 강화할 수 있습니다.

하지만 기억하세요.
혼자서는 이 세계를 구할 수 없다는 걸.

당신이 만든 인연이, 세계의 운명을 바꿉니다.

오픈월드 액션 어드벤처
「펜타월드 : 구원받은 세계」

테마파크 펜타랜드 소개

펜타 대륙으로 가는 포털이
지금, 당신 앞에 열렸습니다.

동화 같은 숲속 마을부터
어둠이 짙게 깔린 디스토피아 도시,
개인 비행정이 날아다니는 스팀펑크 도시,
빛나는 네온과 기술이 공존하는 사이버펑크 미래까지—

당신은 원하는 세계에서, 원하는 모습으로 살아갈 수 있습니다.

좋아하던 캐릭터를 직접 만나 대화를 나누고,
그들이 먹는 음식을 함께 맛보며
세계의 일부가 되어 보세요.

당신이 꿈꾸던 모험의 시작,

펜타랜드

    미로 뒤 직원 통로엔 거대한 튤립 두 송이가 우뚝 솟아 있다. 초기안보다 시설 규모를 줄이면서 낙오된 조형물로 잎사귀도 없다. 2미터가 넘는 목조 뼈대와 노란 플라스틱 꽃송이뿐이다. 한쪽에 바짝 몸을 붙이면 일직선으로 통근이 가능하지만 부러 그 사이를 걸었다. 즐거운 비명과 돌림노래처럼 뒤섞인 테마 송 소리가 조금씩 가까워졌다. 몇 주간 오픈만 했더니 소란스러운 출근길이 낯설었다.

    목공방 뒤 직원용 화장실에 들렀다. 입구 바로 옆에 세면대 두 개, 정면 칸막이 너머 소변기 두 개. 마지막으로 왼쪽에 좌변기 세 개. 모조리 문이 닫혀 있다. 지린내, 비린내, 달아오른 체취와 살이 섞이는 소리, 그리고 두더지탈……. 닫힌 문을 볼 때마다 온갖 기억이 머릿속을 침범한다. 차례대로 좌변기 칸의 문을 밀쳤다. 정작 안에는 아무것도 없다. 그런데도 후두부가 조이듯 아픈 건 빛 때문이다. 칸마다 달린 LED 알전구들. 흰색 좌변기가 무대 위 주인공처럼 반짝였다.

그날, 두더지 인형 탈은 저 위에 앉아 있었다. 머리는 물통 위에, 몸통은 변기 뚜껑 위에, 신발은 가지런히 바닥에. 투명 고글 너머 작고 검은 눈과 시선이 마주쳤던 순간을 떠올렸다. 왼손 장갑에 두 번 접힌 종이쪽지가 들어 있었다.

휴대폰 알림이 울렸다. 172,020원 출금. 전세대출금 이자를 내는 날이었다. 탈의실로 향하며 통장 잔고를 확인했다. 며칠 후면 관리비도 이체해야 했다. 25일에 날아올 각종 고지서의 예상 금액을 셈해 보다가 관뒀다. 출근할 시간이었다.

탈의실 사물함에서 두더지 NPC 인형 탈을 꺼냈다. 먼저 아이보리색 장갑을 꼈다. 두꺼운 몸통을 입은 후에는 두 손을 맞잡는 일이 쉽지 않았다. 갈색 몸통을 집어 드는데, 직원들이 들어왔다. 눈이 마주치지 않도록 고개를 숙이고 어깨끈을 정리했다. 그들은 한쪽에 모여 앉아 잡담을 나눴다. 어젯밤 강도 사건이 화제였다. 이번엔 네메시온 아르바이트생이 당했다. 이젠 마스크도 아니고 복면을 쓰고 나타난 범인은 할인쿠폰과 아르바이트생의 의체 아이템을 훔쳐 달아났다. 한산한 오전 시간대라 목격자도 없었다. 그래서 이번에도 검거가 어려울 것 같다는 이야기였다.

　인형 몸통에 다리부터 집어넣고 팔을 넣었다. 몇 주 내내 차고 있던 깁스 속 살내 같은 시큼한 악취를 견딘다. 마지막으로 머리 보호대를 착용한 뒤 머리통을 뒤집어썼다. 두더지 주둥이에 뚫린 작은 타원형 구멍 하나로 밖을 봐야만 했다. 순식간에 시야가 어두워져 순간 잘 보이지 않았다. 나는 가만히 앉아 기다렸다. 차차 좁은 구멍 밖 세상이 선명해졌다.

　안전관리 팀이 천진우한테 연락했더니 안 받는다더라. 진짜 뭐 있나 봐.

　직원의 목소리가 은근했다. 천진우. 줄곧 기다리던 이름이었으나 곧 화제는 다른 이야기로 넘어가 버렸다. 나는 여자 탈의실을 나섰다. 휴게실을 지나 폐쇄된 '볼트 마을 목공방'을 통과했다. 밖은 그새 해가 지고 있었다.

　몇 달 전 펜타랜드 감전 사망사고가 있었다. 사망자는 중년 여성이었다. 그는 중병에 걸린 상태였는데, 마지막 소원으로 펜타랜드에 방문했다. 테마파크의 시발점이 된 콘솔게임 「펜타월드 : 구원받은 세계」의 열렬한 팬이기 때문이었다. 그런 이가 사측의 과실로 어이없는 죽음을 맞게 되었다는 딸의 호소가 대서특필되면서 펜타랜드 방문율이 대폭 감소했다.

펜타랜드는 전체 시설물 보수를 비롯해 오세아니아 호수 지하에 새롭게 유흥 구역을 만들었다. 또한 입장권 반값을 비롯한 폭넓은 할인과 불꽃놀이 등 다양한 이벤트를 공격적으로 시행했다. 코스튬 이벤트도 그중 하나였다. 원래는 모두 유료였던 의복과 의체, 무기들을 대여에 한해 무료로 지급했다. 매출이 조금씩 회복되던 중 소소한 문제가 생겼다. 코스튬의 익명성을 빌린 고객이 NPC 아르바이트생을 덮쳤다. 곧바로 안전관리 팀이 출동했지만 경찰은 부르지 않았다. 사망사고의 여파로 조심해야 할 때였다. 결국 펜타랜드는 범인을 잡지 못했다.

며칠 후 그 장면은 '펜타랜드 GTA'라는 제목의 쇼츠로 제작되어 업로드되었다. 펜타랜드는 조용히 덮으려 했다. 범인에게 출입 금지를 내리고 같은 명의로 만든 게임 아이디를 모두 일정 기간 정지시키는 정도로 끝내려 했다. 물론 영상을 내리는 조건이었다. 어차피 피해자는 인형 탈 덕분에 다치지 않았고, 범인이 훔쳐 간 물품도 보잘것없었으므로. 그러나 영상이 폭발적으로 확산되면서 이야기가 달라졌다. 강도 사건은 '펜지타'라는 이름으로 챌린지화 되어 유행했다. 방문객이 훌쩍 늘었다. 펜타랜드는 NPC들에게 머리 보호대를 지급했다. 검거율은 저조했다. 경중이 다소 무거운 사건은 법적으로 처벌했지만, NPC가 다치지 않은 사건은 갈취품을 수거하고 한 달 입장 금지를 내리는 선에서 끝냈다. 직원들 사이에서는 소문이 돌았다. 코스튬 때문에 특정이 어렵다는 말은 거짓이고, 의도적인 방임이라는 이야기였다.

펜지타의 시초는 천진우의 짓이다. 이런 소문이 돌기 시작한 건 목격자로 나선 한 아르바이트생의 증언 때문이었다. 20대 초반 슬렌더 체형의 남성. 키는 180센티미터 후반. 밝은 갈색 머리. 그리고 왼팔의 뱀처럼 길고, 붉은 자국. 결정적인 증거였다.

부당 해고를 당했으니 엿을 먹이려는 거다, 억울할 만도 하다, 자기만 죽기 싫었던 거다…… 사실 감전사고도 의도적이었던 건 아닐까? 억울한 천진우의 분풀이라는 추측으로 시작된 소문은 마구잡이로 뻗어 나갔다. 원래부터 양아치 같은 놈이고 사생활도 난잡하며 퇴사한 S도 C도 사실은 천진우가 원인이고……. 그 말대로라면 온갖 사건 사고의 원인은 전부 천진우였다.

 천진우는 그런 사람이 아니다. 처음에는 굳게 확신했지만, 시간이 지날수록 흔들렸다. 나는 펜타랜드 밖 천진우에 대해 거의 알지 못했다. 사는 동네도, 다니는 학교도 몰랐다. 어쩌면…… 천진우일지도.

 나는 페스츄리 같은 사람이었어요. 겹겹이 소문에 짓눌려 살았거든요.

 의심이 싹틀 때마다, 활시위에 리히텐베르크 무늬를 새기기 위해 유약을 바르던 손을 떠올렸다. 붓을 천천히 움직이며 천진우는 말했다. 툭툭 어깨나 머리를 밀치며 진위를 물어보는 무리도 있었다고. 그때마다 항상 진실을 밝혔지만, 그들은 믿지 않았다. 천진우의 이야기는 단순하고 명확했다. 그러나 그건 그들이 원하는 사실이 아니었다.

 썬더볼트 구역 볼트 마을의 '튤립 미로'는 마왕성에 도달하기 위한 최종 관문이자 태초의 시작점이었다. 게임 속 주인공은 홀로 마왕성에 도전했다가 튤립 미로 속에서 죽을 뻔한다. 마왕의 보물인 구근을 지키는 두더지들에게 발각되어 사지에 몰린다. 그런 주인공을 도와준 두더지 '땅파굴'이 내 역할이었다.

  미로 입구를 통과했다. 인조 잔디가 깔린 바닥은 언제나 축축했다. 운영시간 내내 안개를 분사하는 데다가 거대한 꽃송이들에 가려져 햇빛이 잘 들지 않아서였다. 장마철인 지금은 더 꿉꿉했다. 벌써 교대 시간이 거의 다 됐는지, 튤립 속 알전구에 불이 들어왔다. 바닥이 주홍빛과 노란빛으로 어지럽게 물들었다.

  코너를 돌던 순간이었다. 좁은 격자무늬 시야로 노을 진 하늘이 가득 찼다. 둥그런 두더지 배 위가 묵직해졌다. 그제야 누가 날 밀쳤고 내가 뒤로 넘어갔음을 알았다. 펜지타다. 내가 펜지타의 표적이 됐다. 팔다리를 버둥거리는데 무언가에 짓눌린 것처럼 왼팔을 움직일 수 없었다. 주둥이 구멍 사이로 범인이 쥔 목검이 보였다. 검 끝에 리히텐베르크 무늬가 새겨져 있었다. 범인의 얼굴은 보이지 않았다. 확인하고 싶었다. 그러기 위해선 인형 탈을 벗어야 했다. 있는 힘껏 온몸을 비틀었다. 범인이 체중을 실어 날 짓눌렀다. 몸통 앞주머니를 마구 뒤적이는 손길이 느껴졌다. 전리품을 찾는 듯했지만 아직 교대 전인 내게는 땅파굴이 나눠 주는 구근 초콜릿도, 할인권도, 아무것도 없었다. 범인이 벌떡 일어나 도망쳤다.

빠르게 몸을 굴려 바닥을 짚고 일어났다. 좁은 시야로 미친 듯이 범인의 행방을 찾았다. 검은 모자를 쓴 남자였다. 남자는 목검으로 잎사귀 사이를 미친 듯이 내려치고 있었다. 튤립은 꽃잎부터 잎까지 모두 목조로 만들어졌다. 뚫릴 리가 없었다. 벽을 통과할 수 있으면 미로가 아니었다. 그런데, 뚫려 버렸다. 남자는 근처에 세워 둔 카메라 삼각대를 그제야 챙겼다. 그리고 구멍 사이를 비집고 사라졌다. 초록색 나뭇조각이 우수수 떨어졌다.

뒷모습만 봐도 천진우보다 작고 말랐다. 하지만…… 확신할 수는 없었다. 내 기억 속에서 어쩌면 왜곡되었을 수도 있으니까. 사실은 저만큼 작고 말랐었던 걸지도 모른다. 확인하지 못한 얼굴을 봐야만 했다.

나는 부서진 틈새를 향해 달리기 시작했다.

 문 좀 닫고 다녀요. 탄내 들어가니까.

 첫 대화의 시작은 천진우의 핀잔이었다. 수없이 휴게실을 들락거렸는데도 목공방 아르바이트생을 제대로 본 건 그때가 처음이었다. 점프슈트를 입고 목에 투명 고글을 걸친 남자. 나는 대충 고개만 끄덕이고 목공방 카운터를 지나 휴게실로 들어갔다. 뒤로 문을 밀긴 했는데, 완전히 닫지는 못했다. 그날 이후 꽉 닫힌 문만 보면 숨이 막혔다.

 의자에 앉아 벽에 몸을 기댔다. 아직 봄의 끝자락이라 에어컨이 켜지지 않았다. 온몸이 땀에 절었다. 등이 후끈거렸지만 여기선 옷을 갈아입을 수 없었다. 기숙사에서부터 인형 탈을 입고 출근하기 때문이었다. 퇴근해야 하는데, 기숙사까지 돌아갈 힘이 없었다. 밥도 먹기 싫었다. 유난히 햇볕이 뜨거웠던 날이었다. 목 부근을 펄럭이며 앉아 있는데, 천진우가 들어왔다. 아마 직접 문을 닫기 위해서였거나 한 번 더 핀잔을 주기 위해서였을 것이다. 격자무늬 시야 너머 눈이 마주쳤다. 금방이라도 한마디 할 것처럼 벌어졌던 입술이 닫혔다. 잠시 날 바라보던 천진우가 직원 냉장고에서 에너지 드링크 한 병을 꺼내 왔다.

　나가요. 목공방은 에어컨 켜져요.

　일어날 힘도 없었다. 멍하니 올려다봤다. 천진우가 장갑에 달린 두더지 발톱 끝을 살짝 쥐고 끌어당겼다. 기왕 잡은 거 좀 벗겨 달라 했더니 어이없다는 듯 작게 웃으며 그렇게 해 줬다. 나는 천진우의 안내에 따라 휴게실 문을 열고 나갔다. 카운터 왼편 기념품 숍에는 다행히 아무도 없었다. 땅파굴이 목공방에 앉아 있으면 아무래도 좀 이상하니까. 고객들에게 컴플레인트가 걸릴지도 모른다고 생각했는데 다행이었다. 나는 작업대에 앉았다. 천장에 달린 환풍구가 요란한 소리를 내며 돌아가고 있었다. 천진우는 의자를 하나 더 가져오겠다며 창고로 사라졌다. 괜히 머쓱해서 주위를 둘러보았다. 작업 공간을 제대로 보는 건 처음이었다. 칼이나 트랜지스터 같은 위험한 물건 때문에 낮은 나무 울타리로 기념품 숍과 분리되어 있어 평소엔 아무나 들어올 수 없었다. 가끔 다른 아르바이트생들이 여기 들어와 수다 떠는 걸 본 적은 있지만…… 평소에 나는 괜히 눈이라도 마주칠까 봐 고개를 숙이고 지나가기 바빴다.

　작업대는 깔끔했다. 한쪽에 고객 닉네임이 붙은 마법 지팡이, 활, 목검들이 순서대로 놓여 있었다. 실수로 건드리기라도 할까 봐 조금 물러났다. 나는 목 부근을 다시 펄럭였다. 손에 닿는 공기가 시원했지만 인형 탈 안은 여전했다. 너무 더워서 벗을까 잠시 고민하다가 관뒀다. 대신 차가운 에너지 드링크 캔을 반대편 손으로 옮겨 쥐었다. 잠깐 앉아만 있다가 갈 건데, 굳이 맨얼굴을 드러내고 싶지 않았다.

의자를 가지고 돌아온 천진우가 단도 크기의 목검을 도마 위에 올렸다. 젖은 붓으로 날만 흠뻑 적시고 끝에 살짝 못을 박았다.

요즘 얘가 말썽이에요. 고압이니까 조심해요.

트랜지스터 가동 버튼을 누르며 천진우가 말했다. 탄내와 함께 포도송이 같은 무늬가 새겨졌다. 표피가 벗겨지는 것처럼 갈라진 끝부분이 빨갛게 반짝거렸다. 리히텐베르크 무늬. 지나가며 결과물만 구경했지 작업 과정을 보는 건 처음이었다. 천진우는 넓은 붓으로 이따금 무언가를 펴 발랐다. 방향을 지시하는 것처럼 그쪽으로만 무늬가 뻗어 나갔다.

그건 뭐예요?

유약이요. 식소다 용해한 거.

왜 바르는데요?

나무가 절연체라서요. 구받세 해 봤어요? 처음엔 공격이 나뭇가지처럼 튀어나오잖아요.

내가 고개를 젓자 천진우가 설명을 시작했다. 썬더볼트의 신화였다. 어느 날 펜타월드의 보호수가 번개를 맞고 쪼개졌다. 그 속에서 태어난 네 명의 아이들을 '썬더볼트'라고 불렀다. 그들은 특별한 능력을 지녔다. 뇌화를 뿜어내는 능력. 다만 나무를 통할 때만 가능했다.

유약이 일시적으로 전류가 통할 수 있게 만들어 주는 거죠. 나무는 원래 절연체잖아요. 그래서 고압을 넣어도 일직선으로 전류가 흐르지 못해요. 산발적으로 튀어 나가죠. 뇌화가 그나마 잘 통하는 곳으로 뻗어 나가느라 그래요. 레벨이 높아질수록 정교한 컨트롤이 가능해지긴 하지만.

그렇군요.

언제 저녁에 휴게 있는 날 있어요?

왜요?

또 와서 봐요. 저녁엔 더 잘 보여요. 멍 때리기 좋아요. 그땐 탈도 벗고요. 덥잖아요.

그렇게 말하면서 천진우가 씩 웃었다. 마침 다음 날이 미들 근무였다. 퇴근 후 목공방에 들어서자 천진우는 이번엔 화살대에 무늬를 새기고 있었다. 전날과 달리 고글을 쓰고 있었다. 트랜지스터 가동을 시작하자 안경알이 분홍색으로 물들었다. 작업을 방해하면 안 될 것 같아 입구에 서서 가만히 기다렸다. 트랜지스터, 환풍구, 저 멀리서 들리는 썬더볼트 테마 송, 기념품 숍 전용 테마 송이 뒤섞여 소음이 가득한데도 천진우 주변만 왠지 고요했다. 천진우는 그런 분위기가 있었다. 과묵한 성격은 아니지만 산만하거나 방정맞아 보이지 않는.

 날 발견한 천진우가 움찔 놀랐다. 슬쩍 손을 들어 인사했다.
 저녁에 보니까 무섭네요.
 기본적으로 악당이니까요.
 가슴을 쓸어내리며 천진우가 너스레를 떨었다. 작업대로 다가가 앉자 천진우가 불을 끄러 갔다. 상품 진열대의 보조 조명을 제외하고 모든 조명이 꺼졌다. 전면 창으로 들어오는 가로등 빛 덕분에 깜깜하지는 않았다. 자리로 돌아온 천진우가 다시 트랜지스터를 가동했다. 낮보다 확실히 선명하게 보였다.
 리히텐베르크는 처음엔 빠르게 마구잡이로 뻗어 나갔다. 끝이 갈라지는 순간이 가장 빨랐다. 곧 두껍고 큰 중심 가지가 생기면서 속도는 조금씩 느려졌다. 중심은 마그마가 흐르는 길 같았다. 주변의 잔가지들도 종종 반짝였지만 중심에 비할 바는 아니었다. 천진우는 무늬가 끊기지 않도록 끊임없이 유약을 덧발랐다. 화살대 하나가 완성될 때까지, 그렇게 우리는 조용히 앉아 있었다.

그 후 근무가 겹치는 날마다 목공방에 머물렀다. 하지만 퇴근 시간이 같은 날에는 가지 않았다. 회식하러 가자거나 같이 다른 구역에 놀러 가자는 권유 때문이었다. 소외당하는 사람을 챙겨야 한다는 강박이라도 있나? 나는 계속 거절했다. 천진우는 별로 개의치 않는 눈치였다. 서운해하지도 강요하지도 않았다. 그 덕에 관계가 불편하지 않았다. 확실히 천진우는 편한 사람이었지만…… 누가 됐든 긴 시간을 함께하는 게 아직 피곤하고 힘들었다. 30분 혹은 한 시간이면 충분했다.

누나는 어쩌다 펜타랜드에서 일하게 됐어요? 팬도 아니라면서.

……천진우 씨는요?

저는 이거 하고 싶어서요. 제가 사실 번개 맞은 적이 있거든요.

구라.

진짠데? 고등학생 때 비 오는 날 축구하다가 맞았어요. 그래서 3년 내내 진우 포터로 불렸고.

썬더볼트가 아니라?

아무래도 뇌화를 뿜지는 못하니까? 사실 왼쪽 팔에 길게 번개 흉터가 남았거든요. 이거랑 비슷해요. 사람 몸도 절연체라서. 암튼 알바 찾다가 이거 보고 바로 지원했죠.

진짜로?

의외로 번개 맞고 살아남은 사람 많아요.

딱히 대답할 만한 말을 찾지 못해서 잠시 정적이 흘렀다. 진짜인지 거짓말인지 알 수 없었다.

그래서 누나는 왜 하는데요. 인형 탈 알바 힘들잖아요. 특히 여름에는 탈주자 엄청 많고, 요즘도 배정 바꿔 달라고 다들 난리라던데.

나는 전면 창 너머로 눈길을 돌렸다. 앞에는 거대한 분홍 튤립 조형물이 있었다. 안쪽이 생화 꽃밭으로 조성된 포토 스폿. 꽃밭 바깥에 삼각대가 서 있었다. 잠시 후 꽃밭에서 팔짱을 끼고 나온 커플이 사진을 확인했다. 그걸 지켜보다가,

충동적으로 입을 열었다.

 나는 전 남친 때문에요. 그 개새끼가 내 집에서 딴 년이랑 섹스하는 걸 봐 버렸거든요. 차마 그 집에서 살 수가 없어서, 숙식 되는 데 찾다가 왔어요.

 전세대출을 받아 투룸으로 이사했다. 자취를 시작한 이후 원룸을 벗어난 건 처음이었다. 홀로 집 안 정리를 대강 끝낸 후에야 애인이 찾아왔다. 이미 소원해진 관계였다. 애인은 내가 부동산 발품을 팔 때도 이삿짐을 싸고 옮길 때도 바쁘다는 핑계로 일절 도와주지 않았다. 그런 주제에 같이 살자는 말을 했다. 제 셋방보다 넓은 내 집이 좋아 보인 모양이었다. 월세 너무 비싸다, 전세 좋네, 나도 대출받을까. 은근하게 티를 낼 때는 최선을 다해 모르는 척했다. 침실 말고 나머지 방은 어떻게 할 거야, 나 들어와서 살까? 그런 소리도 모르는 척했더니 결국 직설적으로 동거를 말했다. 자신이 관리비를 부담하겠다 했다. 거절이 통하지 않을 것 같은 분위기였다. 나는 선택의 기로에 섰다. 거절하면 이대로 미적지근한 관계를 유지하다가 헤어지게 될 것 같았다. 반대로 받아들이면, 어쩌면 이전처럼 돌아갈 수 있을지도 몰랐다. 그래서 받아들인 동거였다.

그 집은 화장실에 창문이 없어 환기가 잘 되지 않았다. 샤워를 끝내면 서랍 안에 넣어 둔 드라이기까지 수증기 범벅이었다. 그래서 볼일을 볼 때가 아니면 매번 화장실 문을 활짝 열어 두었다. 그날도 외출 전 샤워를 하고 분명 문을 열어 놓고 집을 나섰다. 그리고 예상보다 이른 시간에 귀가했을 때, 문이 닫혀 있었다. 애인이 왔다 갔나. 다 마르기 전까진 문 좀 열어 놓으라니까. 그런 생각을 하며 어두운 거실을 지나 화장실로 향했다.

벌컥, 문을 열었다. 땀 냄새가 섞인 습기와 강렬한 백색등 빛이 쏟아져 나왔다. 그 속에서 애인의 벗은 등을 봤다. 그 옆으로 뻗은, 검은 스타킹을 신은 다리도. 얼마나 급했는지 미처 다 벗지 못한 바지가 허벅지에서 달랑거렸다.

아직까지도 의아한 건 그 광경을 직면하기 전까지 어떤 전조도 의심하지 못했다는 점이다. 현관에 놓인 처음 보는 신발, 문틈으로 새어 나오던 불빛을 보고도 의문을 갖지 않았다. 신음은커녕 숨소리조차 듣지 못했다. 그 모든 징조를, 사정하며 움찔거리는 애인의 허벅지 근육을 망연히 바라보다 뒤늦게 벼락처럼 이해했다.

당장 나가랬더니 애인은 빌빌댔다. 셋방도 이미 뺐고, 돈도 없다며 한 번만 봐달라고. 헤어져도 되지만 어차피 각자 방이 있으니 같이 사는 건 문제없지 않냐면서. 결국 오빠를 불렀다. 내가 본가에 있는 동안, 오빠가 대신 애인을 내쫓고 현관 비밀번호를 바꿨다. 다시 홀로 집에 돌아갔을 때 애인의 물건은 하나도 없었다. 그런데도 도저히 거기서 먹고 자고 생활할 수가 없었다. 모아 둔 돈을 전세금에 다 넣어 당장 이사를 하는 것도 여의치 않았다. 본가로 돌아갈 수도 없었다. 가족들에게 할 말이 없었다. 엄마는 내가 애인과 동거했다는 것조차 몰랐다. 오빠가 언제까지 비밀을 지켜 줄지는 모르겠지만. 어쨌든 숨길 수 있을 때까지 숨기고 싶었다.

  나는 종일 모로 누워 화장실을 바라보았다. 그때 형광등은 켜 둘수록 더 밝아진다는 사실을 알았다. 꿈틀거리는 근육이 세세하게 다 보일 정도로 강렬했던 밝기. 그리고 그 냄새. 그들은 얼마나 오래 있었던 걸까. 차라리 내가 그 문을 열지 않았더라면. 집에 돌아가지 않았더라면. 애인의 동거 제안을 수락하지 않았더라면……. 수많은 '차라리'가 머릿속을 쿡쿡 찔러 댔다.

  전 애인은 쫓겨나자마자 관리비 자동이체를 해지했다. 더 연체하면 단전하겠다는 고지문이 왔지만 나도 무시했다. 그냥 전기도 수도도 다 끊겨 버렸으면 했다. 그러던 중 펜타랜드 아르바이트를 발견했다. 2인실 10만 원. 식사 40회 제공.

그래서 내가 맨날 문 열고 다니는 거예요. 닫혀 있으면 안에서 그 새끼들이 또 섹스하고 있을 것 같거든요. 잊으려고 할수록 더 또렷해져요.

삼각대를 정리한 커플이 미로로 걸음을 옮겼다. 천진우는 대답이 없었다. 다 뱉어 버리자 후회가 밀려왔다. 뭐가 자랑이라고 말했을까. 어쩌면 천진우의 식사 제안을 계속 거절하는 이유에 대해 변명하고 싶었던 걸지도 몰랐다.

화장실에서 시체라도 발견했으면 좋겠어. 그럼 그것만 생각나겠죠.

어색하게 소리 내어 웃으며 슬쩍 천진우에게로 고개를 돌렸다. 언제부터 날 바라보고 있었을까. 바로 눈이 마주쳤다. 그렇게 무거운 이야기는 아니었다고 얼버무리기 위해 장난처럼 몇 마디를 더 덧붙였다. 천진우는 가만히 고개를 끄덕이다가 불쑥 입을 열었다.

나도 뭐 말해 줄까요.

뭔데요.

벼락 맞은 남자의 대표적인 부작용이 있어요. 나 발기부전이에요.

진짜로?

진짜로.

천진우가 능글맞게 웃으며 어깨와 눈썹을 동시에 들썩였다. 벼락 맞았다는 소리부터 발기부전까지 다 믿기지 않았지만, 어쨌든 날 위로하려는 것 같아 나도 어깨를 으쓱이다가 웃어 버렸다. 잠시 고민하다가 인형 탈을 벗었다. 천진우가 새기는 리히텐베르크 무늬를 더 잘 보고 싶었다. 에어컨 바람이 닿자 땀에 젖은 피부가 따끔거렸다. 떡 진 머리부터 상기된 얼굴까지, 엉망일 꼴이 신경 쓰였다. 다행히 천진우는 아무 말도 하지 않았다.

*

두꺼운 몸통이 이토록 원망스러웠던 적이 없었다. 팔과 어깨는 들어갔는데 배에서 걸렸다. 남자는 점점 멀어져 갔다. 겨우 틈새에서 몸을 빼고 달리기 시작했다. 나는 눈 감고도 미로를 돌아다닐 수 있었다. 남자가 사라진 방향은 막다른 길이었다. 왼쪽 코너를 돌자 또 노란 튤립 이파리를 헤집고 있는 뒷모습이 보였다. 아까가 요행이었다. 원래라면 뚫리지 않는 게 당연했다.

팔을 잡고 돌려 얼굴을 확인하려고 했는데, 속도를 줄이지 못하고 넘어지면서 남자를 깔아뭉갰다. 비키라며 악쓰는 남자를 온몸으로 짓눌렀다. 모자를 벗겼다. 검은 머리. 전혀 다른 얼굴. 젊은 남성이라는 점을 제외하고는 닮은 점 하나 없었다. 애초부터 난 소문을 믿은 적 없었다. 천진우는 그럴 사람이 아니다. 알고 있었지만…….

나와 교대 예정이던 근무자가 소란을 듣고 달려왔다. 안전관리 팀도 출동했다. 나는 그때까지 남자를 짓누르고 있었다. 안전관리 팀이 범인을 끌고 갔다. 내게는 일단 의무실에 가라는 지시가 떨어졌다. 직원 의무실은 기숙사에 있었다.

천진우가 해고된 뒤 볼트 마을 목공방은 폐쇄되었다. 중요한 기구들과 전시 상품들은 모조리 다른 공방으로 흩어졌다. 전면 창으로 노을빛이 들어왔다. 텅 빈 작업대와 가구들만 은은하게 빛났다. 리히텐베르크 무늬를 기다리는 온갖 아이템들도, 이미 새겨진 전시 상품도, 트랜지스터도, 펜치도 없었다. 장검이 걸려 있던 벽에 남은 흰 자국이 유일한 흔적이었다. 조용하고 낯설었다. 그날 이후에도 매일같이 지나다녔지만 텅 빈 이곳을 제대로 본 건 처음이었다. 두더지 머리를 벗어 작업대에 내려놨다. 먼지 쌓인 작업대를 쓸어 보다가 서랍을 열었다. 못 몇 개가 굴러다녔다. 유약 통도 하나 있었다.

　인형 탈을 탈의실에 두고 다니기 시작했다. 목공방을 자주 드나들면서 종종 작업을 도왔는데, 뚱뚱한 배 때문에 책상에 가까이 앉기가 불편해서였다. 그날도 나란히 앉아 천진우는 지팡이, 나는 목검에 유약을 바르고 있었다.
　천진우 씨네 방은, 화장실에서 냄새 안 나요?
　입사부터 쭉 함께했던 룸메이트가 나간 뒤, 화장실에서 이상한 냄새가 났다. 문을 닫지 못하니 방에서도 악취가 진동했다. 창문을 종일 열어 놔도 사라지지 않았다. 사감실에 문의하자 하수구 문제라며 청소하라는 답변만 돌아왔다.
　무슨 냄새요? 담배 냄새는 가끔 올라오던데.
　구정물 냄새요. 걸레 냄새 같은 거. 청소해 봤는데도 계속 냄새가 올라오네요.
　우리는 안 나는데……. 수도관 문제 아니에요? 그거 식소다랑 식초 사서 뿌리고 뜨거운 물로 청소하면 좀 괜찮아져요.

그래요?

진짠데.

배수구 클리너로도 해결되지 않았다. 고작 그런 걸로 악취가 사라질 것 같지 않았다. 내가 의심하자 부루퉁한 표정을 짓던 천진우는 오늘은 목공방에 인형 탈을 놓고 가라고 말했다. 왜냐고 되물었지만 천진우는 눈썹을 들썩이며 같은 말만 반복했다.

늦은 밤, 노크 소리에 문을 열었다. 두더지가 있었다. 놀라서 비명을 지르려는데 두더지가 내 입을 막았다. 아이보리색 장갑과 몸통 사이, 팔목이 훤히 드러났다. 여자 키에 맞춰진 인형 옷이라 다리도 마찬가지였다. 방으로 들어온 두더지가 인형 탈을 벗었다. 천진우였다. 앞주머니에서 식초와 유약이 나왔다. 기숙사 편의점에 식초가 없어 식당 이모에게 얻어 왔다면서 천진우가 씩 웃었다.

누나는 여기 언제까지 할 거예요?

전세금 돌려받으면 그만둬야죠.

나는 20개월 꽉 채우려고요. 그럼 누나가 먼저 그만둘 수도 있겠네. 아쉽다.

화장실 바닥 하수구와 세면대에 천진우가 직접 식소다와

식초를 부어 주었다. 뜨거운 물은 10분 뒤 부어야 했다. 우리는 옆방에 들릴까 봐 작은 목소리로 소곤대며 얘기를 나눴다. 아마 10분이 훌쩍 넘는 시간 동안 계속. 문득 정신을 차리고 뜨거운 물을 붓자 정말 냄새가 옅어졌다. 대신 식초 냄새가 조금 났다. 다시 몸을 구겨 두더지 인형 탈을 쓰고 천진우는 돌아갔다.

그날 밤 나는 밀려 있던 관리비를 해결했다. 그 집에 다시 돌아가 살지는 않을 거지만. 언제나 머릿속 한편을 차지하고 있던 연체료를 없애고 싶었다. 그리고 그 자리에 발목과 팔목이 훤히 드러난 두더지를 앉히고 싶었다.

유약을 꺼내 앞주머니에 넣고 서랍을 닫았다. 나는 목공방을 지나 기숙사 의무실로 향했다. 두 개의 튤립 사이를 통과했다. 천진우와 함께 출근하던 날 알게 된 그의 버릇. 시큼한 냄새가 코끝을 맴돌았다. 인형 탈 세탁 주기는 보통 6개월에 한 번이었다. 전에는 남의 땀과 체취가 고스란히 밴 탈을 입는 것이 달갑지 않았다. 나는 적어도 한 달에 한 번 세탁해 달라는 건의를 주기적으로 넣어 왔다. 멈춘 것은 천진우가 해고당한 이후부터다. 여전히 역겹지만, 그 속에 천진우의 흔적이 섞여 있다는 생각을 하면…… 참을 만해졌다.

 혹시 모르니 오늘은 퇴근하라는 진단이 내려졌다. 나는 지금이라도 교대하겠다고 했다. 등과 어깨가 아팠지만 일하지 못할 만큼은 아니었다. 일하는 게 편했다. 쉬고 있으면 온갖 잡념 때문에 오히려 괴로웠다. 미로로 돌아가 평소대로 근무했다. 순찰하며 마주친 고객들에게 숨겨진 구근에 대한 힌트를 주고, 미션 달성 조건을 제대로 수행했는지 확인하고, 손을 잡아 중앙으로 안내한다. 보상으로 구근 모양 초콜릿을 건넨다. 막다른 구석에서 과한 스킨십을 하는 커플들을 단속한다. 두더지 굴 속 기계 두더지도 확인한다. 다른 날과 같았다. 끊임없이 천진우 생각을 하고 있다는 점 역시도.

*

 내 퇴근과 천진우의 휴게 시간이 겹친 날이었다. 함께 저녁을 먹자는 제안에 처음으로 응했다. 조금 일찍 찾은 목공방은 텅 비어 있었다. 천진우의 점프슈트가 의자에 걸쳐져 있었다. 탈을 벗어 휴게실에 두고, 휴대폰을 확인했다. 별다른 연락은 없었다. 일단 옷을 갈아입었다. 천진우를 만나기 전에 땀에 전 손을 씻고 세수하고 싶었다. 목공방 뒤 직원 화장실 안으로 들어서자 담배 냄새가 났다. 뒤쪽은 직원 전용 흡연 구역이었다. 혹시 천진우일까. 비누로 손과 얼굴을 씻고 화장실 뒤편으로 향했다.

여름의 초입이었다. 젖은 얼굴에 닿는 바람이 따뜻하고 건조했다. 코너를 돌자 바람이 훅 불었다. 달콤한 나무 냄새와 담배 냄새가 함께 났다. 천진우였다. 벽에 비스듬히 기대선 채 흡연 중이었다.

어, 누나. 일찍 왔네요.

담배를 끄려는 걸 고갯짓으로 말리고 옆에 섰다. 사복 차림은 처음 봤다. 흰 티에 연청바지. 반팔 밑으로 드러난 왼팔에 진짜로 리히텐베르크 무늬가 있었다. 다가가 살폈다. 가까이서 보니 흉터가 아닌 타투처럼 보였다. 천진우가 멋쩍게 웃으며 반팔을 어깨까지 걷어 올렸다.

이젠 없어요. 사실 그게 흉터라기보단 화상 자국이거든요. 평생 갈 줄 알았는데 생각보다 빨리 없어지더라고요. 그게 싫어서 첫 월급 받자마자 똑같은 모양으로 타투 했어요.

…….

이 누나 또 안 믿네. 내가 그렇게 거짓말쟁이 같아요?

좀 그런 편이죠, 인상 같은 게.

억울하네. 어깨에는 흉터 조금 남았어요. 봐요.

천진우가 상체를 낮췄다. 길게 이어진 붉은 타투 사이, 진짜 흉터가 있었다. 타투보다 조금 옅은 색이었다. 나도 모르게 그 위를 더듬었다가 깜짝 놀랐는데, 천진우가 아무렇지 않아 보여서 뻔뻔하게 조금 더 만져 보았다. 타투는 매끄러웠고 흉터는 약간 튀어나와 있었다.

그럼 발기부전도 진짜예요?

……그것도 확인해 볼래요?

눈이 마주쳤다. 진심일까. 나는 잠시 고민했다. 성적 접촉을 거절한 뒤 찾아오는 어색한 기류를 알고 있었다. 거절하면, 아마 오늘 저녁이 마지막이거나 아님 그것마저 함께하지 못할 수도 있지 않을까. 한 번만. 다짐하며 바지춤으로 잠시 시선을 내렸다가, 고개를 저었다. 천진우가 싫지 않았다. 하지만 꿈틀거리는 벌거벗은 등과 엉덩이를 다시 마주할 자신이 아직 없었다.

여느 때와 같이 천진우는 별로 개의치 않았다. 나는 아니었다. 정적을 이기지 못하고, 결국 사과했다. 바보 같은 짓이라는 걸 아는데도 입이 열렸다.

별걸 다. 누나, 제 별명이 진우 포터였다고 했잖아요. 사실 번개 흉터 말고도 이유가 하나 더 있어요. 내가 살아남은 아이거든요. 그때 친구도 옆에 있었는데…… 나만 살았어요. 나무토막과 인간의 차이점은 재생능력이 있냐 없냐예요. 전 흉터가 평생 남길 바랐거든요? 근데 화상치료 받을수록 점점 없어지더라고. 아마 직격타로 벼락 맞았을 부분만 빼고요. 그럴수록 걔도 나한테서 점점 옅어지는 것 같아서 싫었어요.

그렇게 말하는 천진우의 얼굴은 덤덤했다. 눈이 마주치자 씩 웃기까지 했다. 나는 그 표정의 의미를 아주 잘 알고 있었다. 여전히 조금은, 거짓말일지도 모른다고 여겼는데.

아무튼 나 누나한테 거짓말한 적 없어요.

……발기부전도?

네, 그것도.

그럼 넌 섹스 때문에 날 배신할 일은 없겠구나. 그런 생각을 했지만 입 밖으로 꺼내진 않았다. 우리는 발을 맞춰 노란 튤립 사이를 지그재그 통과했다. 기숙사 식당에서 천진우는 돈가스를, 나는 제육덮밥을 먹었다. 시간이 남아 근처 노점에서 추로스를 하나 사 나눠 먹으며 퍼레이드도 구경했다.

우리는 석식 시간을 꽉 채워 보내고 헤어졌다. 나는 기숙사로, 천진우는 다시 목공방으로.

그리고 그날 천진우는 해고되었다.

우리가 추로스를 나눠 먹고 있던 그때, 중년 여성이 목공방에 들어갔다. 천진우와 교대한 직원은 왜인지 그 자리에 없었다. 여성의 손이 펜치 끝에 닿았다. 하필 고장 난 트랜지스터였다. 그는 그대로 감전됐다. 퇴근하던 아르바이트생이 발견하고 밀쳐 냈지만, 응급실로 향하던 구급차 안에서 끝내 숨졌다. 그의 사연을 다룬 기사가 우후죽순 쏟아져 나왔다. 중년 여성의 딸은 안전관리 소홀을 사유로 펜타랜드를 고소했다. 펜타랜드는 사고에 대한 보상금을 지급하겠다 했지만, 사망 책임은 인정하지 않았다. 목공방이 아닌 구급차 안에서 숨졌다는 이유였다. 펜타랜드는 천진우를 책임자로 내세워 해고했다. 전원을 꺼도 가끔 전류가 흐르니 고쳐 달라고, 천진우가 꾸준히 건의를 넣었던 사실은 숨겨졌다. 나는 그 소식을 다음 날 출근해서 알았다.

그 후 천진우와는 연락이 닿지 않았다. 부재중 통화 두 번과 '괜찮아?'로 시작하는, 읽히지 않은 카톡 하나가 우리의 마지막이었다.

*

  마지막으로 미로를 순찰했다. 빠져나가지 못한 사람들을 모두 내보내고, 한 바퀴 더 확인했다. 중앙으로 돌아와 보관소 문이 제대로 잠겼는지 체크했다. 퇴근 시간이었다.

  부서진 벽에 '공사 중' 팻말이 붙어 있었다. 나는 두더지 머리 탈을 벗고 그 앞에 내려놓았다. 벽의 단면은 알록달록 조명에 물들어 있었다. 목검으로 잎사귀를 내려치던 남자의 뒷모습을 떠올렸다. 조형물이 허물어질 때 느낀 당혹감이 아직도 생생했다. 아주 나중에, 오늘을 회상할 때 아마도 그 장면이 가장 먼저 떠오르지 않을까.

  천진우가 해고당한 다음 날에도 나는 출근 전 화장실에 들렀다. 습관적으로 좌변기 칸을 열어젖혔다. 안에는 두더지 인형 탈이 앉아 있었다. 인사라도 하는 것처럼, 한쪽 손이 몸통 구멍 안에 걸쳐져 있었다.

  시체는 못 구했어요.

  장갑 속 쪽지에는 그렇게 적혀 있었다. 천진우는 언제 이곳에 두더지를 앉혀 뒀을까. 목공방으로 돌아간 후 상황이 급박하게 전개됐을 텐데. 나는 펜타랜드 밖 천진우에 대해 거의 알지 못했다. 개인 연락처가 무용지물이 되자 내게 남겨진 건 무성한 소문과 그 쪽지 하나뿐이었다.

천진우는 어디서 어떻게 지내고 있을까. 흉터가 사라지는 게 싫었다며 웃던 얼굴과 왼팔의 붉은 타투가 어른거렸다. 내게 천진우는 나를 위해 두더지를 변기에 앉혀 놓고 간 사람이었다. 천진우를 감전 사고로 기억하는 건 싫었다. 연락이 끊긴 이유 따위는 잊고 싶었다.

저 멀리서 우르릉하고 천둥소리가 났다. 앞주머니에 손을 넣었다. 뭉툭한 장갑 끝에 유약 통이 닿았다. 뚜껑을 열었다. 부서진 벽 틈새에 유약을 모조리 부었다. 며칠 후면 틈새는 복구될 것이다.

그 전에 이곳에 벼락이 떨어졌으면 했다. 식소다가 마르기 전에.

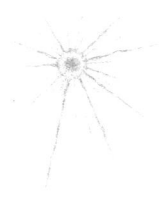

 장마가 끝나고 펜타랜드도 성수기에 접어들었지만 아직 수요일 오전은 한산했다. 오픈 시간에 맞춰 입장한 커플이 내 데스크 앞에 섰다. 남자가 예약 내역을 내밀었다. 휴대폰을 받아 들고 이름을 확인했다.
 내가 찾는 이름은 신지환. 자음 하나 겹치지 않지만, 습관적으로 남자의 이름을 두세 번 더 곱씹었다. 티켓을 발권하며 모니터 너머 남자의 눈과 이마를 훔쳐봤다. 혹시라도 나와, 혹은 엄마와 닮은 부분이 있지는 않을까. 여자와 눈이 마주쳤다. 자신의 애인을 왜 그렇게 보냐며 기분 나빠하는 사

람들이 종종 있었다. 빠르게 시선을 돌리고 미소 지으며 티켓을 건넸다.

코스튬 무료 대여 이벤트 중이니 입장하셔서 상점으로 가시면 됩니다.

다행히 여자는 아무 말도 하지 않았다. 커플은 계속 팔짱을 끼고 있었다. 어떤 대화도 웃음도 나누지 않았지만. 두 사람은 조용히 입구 너머로 사라졌다. 나는 텀블러에 담아 온 물을 한 모금 마시고 카톡을 확인했다. 세류 언니에게서 연락이 와 있었다. 오늘 날씨 좋네. 점심 뭐 포장해서 벤치에서 먹을까? 수언동 전세매물 새로 떴더라. 시간 날 때 한번 봐. 케밥을 먹자고 답장을 보내고 언니가 보낸 링크를 누르려는데, 아이를 데리고 온 부부가 입장했다. 아이는 일곱 살쯤 됐을까. 부부는 40대 후반쯤. 카드를 내밀며 여자가 통신사 할인을 받겠다 말했다. 바코드를 기다리면서 여자를 유심히 살폈다. 앞머리 있는 흑갈색 단발머리다.

나는 마지막으로 봤던 엄마의 모습을 떠올렸다. 보육원을 나오기도 전이었으니 벌써 10년 전의 일이다. 함께 삼겹살을 먹고, 터미널로 향하는 택시에서 스스럼없이 내 어깨를 감싸던 손. 유난히 둥그런 이마가 내 머리에 툭 닿았다. 얼굴은 잘 기억나지 않았다. 차고 약간 축축했던 엄마의 손길이 낯설어서 옆구리가 간지러웠던 느낌만 선명했다. 여자는 엄마와 전혀 닮지 않았고, 훨씬 어려 보였다. 그래도 엄마가 아니라고 확신할 수는 없었다.

10시가 넘자 매표소 줄이 더 길어졌다. 바쁘게 예약 내역을 확인하던 중 세류 언니에게서 또 카톡이 왔다. 그럼 점심에 호수. 너무 열심히 하지 말고, 돈 받은 만큼만 해. 답장하지 않고 창을 닫았다. 언니는 내가 고객들을 살피는 걸 관두길 원했다. 그 일을 묻어 두기를 바라서였다.

그 일.

내게는 이부동생이 있다. 나는 그 사실을 한 달 전에 알았다.

언니가 처음으로 함께 살자는 말을 진지하게 한 날이었다. 우리는 기숙사 같은 방을 쓰며 일하는 시간을 제외하면 모든 시간을 함께하고, 손도 잡고 키스도 했지만 우리의 관계에 이름을 붙인 적은 없었다. 확실해지면 겁이 나. 언젠가 언니가 했던 말 때문이었다. 그랬던 사람이 나와 함께 살고 싶다고 했다. 너라면 앞으로도 그럴 수 있을 것 같다고.

들뜬 마음으로 노트북을 켰다. 전에 알아본 전세대출 사업이 있었다. 언니가 씻는 동안 다시 확인해 볼 요량이었다. 이번 연도 사업이 아직 진행 중이었다. 자격도 전과 같았다. P시에 거주하는 36세 이하의 청년들. P시 내 대학생, 신혼부부 우대. 주민등록등본, 가족관계증명서, 소득증명 제출. 우리가 신혼부부 우대를 받을 수 있다면 좋을 텐데. 그런 생각을 하는 내가 웃겨서 잠시 웃었다. 어쨌든 그래도 언니와 나는 2순위였다. 아직 내 주소지는 P시였다. 언니는 펜타랜드 정직원이니 관련 서류를 제출하면 됐다. 청년전세대출 카페에서 부동산을 찾고, 집을 알아보고…… 빠르게 계획을 세웠다. 먼저 대법원에 접속했다. 먼저 내 서류를 준비해 둘 작정이었다.

발급 대상자를 선택해 주세요.
○ 본인　　　○ 가족

가족관계증명서. 보호종료아동 임대주택에 들어가기 위해 준비하며 수도 없이 마주했던 화면이었다. 그동안 본인 외에는 관심을 가져 본 적 없었는데, 불현듯 '가족'이 눈에 들어왔다. 버튼을 눌렀다. 오랜만에 보는 엄마의 이름. 그 밑에 있는 문장을 보고 나도 모르게 숨을 참았다.

본인 외 부, 모, 배우자, 자녀의 증명서를 발급받을 수 있습니다.

 엄마의 증명서를 볼 수 있다. 봐도 될까. 봐서 뭐 하려고? 혹시 엄마에게 어떤 식으로든 알림이 가는 건 아닐까. 그런 생각을 하면서도 이끌리듯 엄마의 이름을 눌렀다. 화면 열람을 선택했다. 파일을 저장하는 건 왠지 죄책감이 들었다.
 등록기준지와 본인을 지나, 가족 사항. 엄마와 내 이름뿐인 단출한 내 증명서와는 다르게 뭐가 많았다. 시야가 흐릿해져서 빠르게 눈을 깜빡였다. 얼굴은 본 적 없지만 알고는 있는 외조부모님의 이름. 그리고 그 밑 낯선 이름 두 개.
 배우자 신광진. 자녀 신지환.
 그리고 그 사이에 내가 있었다. 자녀 유지안.
 엄마가 결혼을 했다. 남자 아이도 낳았다. 나이는 15살.
 화면이 점점 더 밝아지는 것 같았다. 푸른 필터를 낀 것처럼 화면이 파랬다. 아주 예전에 엄마는 내게 말했다. 네가 먼저 연락하면 안 된다고. 내가 전화할 테니 넌 기다리라고. 나는 자세를 곧추세우고 계산기 어플을 켰다. 엄마와 연락이 끊긴 건 8년 전. 그때 신지환은 일곱 살이었다. 그럼 엄마가 처음으로 보육원을 찾아왔던 날은? 중학교 3학년. 그때 신지환은 네 살이었다. 엄마가 나를 보육원에 맡긴 건 내가 세 살일 때다. 그러니까…… 연락 한 통 없다가 갑자기 왜 나를 찾았는지, 대충 알 것 같아서 순식간에 기분이 더러워졌다.

 엄마가 행복하길 바랐다. 원망은 당연히 했지만, 그마저도 크면서 그만뒀다. 엄마와 나는 고작 스물두 살 차이밖에 안 났다. 지금의 나보다도 어린 나이의 여자가 홀로 아이를 낳고 기른다는 게 얼마나 힘든 일인지, 그게 얼마나 자신을 포기해야만 가능한 일인지를 알게 되어서였다. 지금보다도 가혹했을 미혼모를 향한 사회의 시선, 환경의 열악함 같은 것들도. 날 위해 엄마가 그런 일을 당연히 감당해야 한다는 생각은 틀린 거라고, 내가 나름대로 잘 자란 것이 그 반증이라고 여겼다.

 그러면서도 나는 엄마의 결혼과, 내가 아닌 다른 자식의 존재는 생각조차 해 본 적 없었다. 무엇보다도 그 사실이 제일 충격이었다.

 뭐 해?

 뒤에서 내 어깨를 짚으며 세류 언니가 물었다. 그제야 숨이 트였다. 언니를 올려다봤다. 이걸 뭐라고 말해야 할까. 슬프진 않았다. 화가 난 것도 같았지만, 그것보다는 놀랍고 조금 어이가 없었다. 그래서 나는 그냥 웃어 버렸다.

　나는 좋지 않은 기억을 금방 잊는 편이다. 차라리 잊고 싶다고 생각했고 그래서 다 잊었다고 생각했는데, 다음 날 이마에 메디폼을 붙인 중년 여성 고객을 마주하자마자 엄마가 떠올랐다. 우리의 공통점을 찾으려고 발악하던 시절이 있었다. 나는 머리채를 잡혀 끌려가듯 순식간에 그때로 돌아갔다.
　보육원 내 방 침대에 앉아 설핏 잠이 든 엄마의 얼굴을 집요하게 뜯어본다. 하관은 전혀 닮지 않았지만 위쪽은 나와 비슷한 점이 많다. 나는 엄마에게서 얇은 흑갈색 모발을 물려받았다. 웃으면 잡히는 인디언 보조개, 조금 튀어나온 광대뼈, 유난히 둥그런 이마와 선명한 일자 눈썹도……. 나는 엄마 눈썹 바로 위에 손가락 한 마디쯤 되는 흉터를 더듬는다. 어딘가에서 찍힌 것처럼 패어 있다. 혹시라도 깨우게 되진 않을까 마음을 졸이면서도 손을 멈추지 않는다. 어쩌다 다쳤을까? 엄마의 모든 것을 알고 싶었지만, 언제나 그랬듯 침묵한다. 의연한 모습만 보이고 싶었다. 내가 이렇게 성숙하게 자랐으며 그러므로 엄마의 짐이 되지 않는다는 사실을 증명하고 싶었다.

여전히 눈을 감은 채로 엄마가 입을 열었다. 긴장으로 그새 축축해진 손을 나는 황급히 뒤로 물린다. 엄마는 흘러내린 앞머리를 뒤로 쓸어 넘기며 상처가 생긴 경위를 설명한다.

자는데 목이 말랐어. 눈을 뜨니까 아랫배를 누가 쥐어짜는 것처럼 아프더라고. 헉헉대느라 목이 건조해졌구나, 싶었지. 몸을 일으키려는데 그것도 쉽지가 않아서 화가 났어. 한쪽 팔로 침대를 밀어내는 동안 가진통은 점점 심해졌고, 마른 목은 아파 왔지. 겨우 바닥에 발을 내려놓고 일어서는데 나도 모르게 벌떡 일어났어. 그때까지도 내 배가 잔뜩 불렀다는 게 익숙하지가 않았거든. 처녀 때처럼 그냥 벌떡 일어나 버린 거야. 시야가 까맣게 죽으면서 앞으로 기우뚱 몸이 기우는데, 와중에 이대로 엎어지면 네가 다치겠구나 하는 생각이 들더라. 널 지켜야 했지. 허우적대다가 책상 끄트머리를 겨우 잡았지만 그대로 무릎을 꿇고 무너지면서 모서리에 이마를 박았어. 그때 생긴 상처야.

엄마가 내 손을 잡고 끌어당긴다. 나도 눈을 감아 본다. 검지 끝에서 느껴지던, 살짝 팬 피부의 감촉.

메디폼을 붙인 중년 여성이 지나간 뒤, 나는 고객들의 이름과 얼굴을 유심히 살피기 시작했다. 조금이라도 닮은 듯한 여성이 마스크를 쓰고 있으면 잠시만 내려 달라고 하기까지 했다. 남자 청소년도 체크했다. 혹시 모르니 20대로 보이는 남성들까지 확인했다. 현장 발권하는 고객들에게도 온갖 핑계를 대며 이름을 캐냈다. 결국 대리님에게 들켜서 제지당했지만.

세류 언니는 그냥 잊으라고 했다. 이미 연락이 끊겼고, 심지어 네가 먼저 지운 인연 아니냐고 했다. 맞는 말이었다. 나도 멈추고 싶었지만 이미 내 의지가 아니었다. 눈과 입이 자동으로 움직였다. 찾아서 어떻게 할 거냐고 끊임없이 자조하면서도 도저히 그만둘 수가 없었다.

점심시간이 가까워지자 대기 줄이 길어졌다. 바쁘게 티켓을 발권해 주는데, 바로 다음 차례인 남자아이가 눈에 들어왔다. 검은 모자를 푹 눌러썼고 마스크도 쓰고 있었다. 얼굴에서 보이는 거라곤 눈과 이마의 일부분뿐이었는데, 유난히 둥그런 이마가 매표소의 조명을 모조리 흡수한 것처럼 은은하게 빛났다. 아이는 끊임없이 주위를 둘러보고, 홀로 계속

피식거렸다. 나와 시선이 마주치자 설핏 눈살을 찌푸렸는데 그래도 주름 하나 잡히지 않는 어린 얼굴이었다. 저 아이의 이름을 꼭 확인해야만 한다는, 어떤 예감이 들었다. 아이가 데스크 앞에 섰다.

청소년 한 장이요.

할인되는 카드 있으시거나, 펜타랜드 회원이실까요?

아뇨.

혹시 성함이 어떻게 되세요?

왜요?

현재 저희 펜타랜드 이벤트 중이어서요. 15레벨 이상이시면 20퍼센트 할인 가능하세요. 조회해 드릴 테니 성함 알려주시겠어요?

필요 없어요.

회원이시면 청소년이라 더 할인받을 수 있으세요.

됐다고요.

아이가 주먹으로 데스크를 내려쳤다. 말투도 신경질적이었다. 옆자리 동료가 힐끔대는 게 느껴졌다. 여기서 멈춰야 했다. 알고 있지만, 이름을 꼭 확인하고 싶었다. 어떤 거짓말을 해야 말해 줄까. 티켓을 발권하는 척 모니터를 바라보며 머리를 굴렸다. 문득 펜지타 챌린지가 생각났다. 얼마 전에도 네메시온에서 캐스트 한 명이 당했다.

정말 죄송하지만, 사실 저희가 지금 모든 방문 고객을 기록하고 있어서요. 요즘 아무래도 좀 불미스러운 일이 있다 보니 고객 안전보호 관리 차원에서…….

아씨, 신지환이요.

누군가 내 뒤통수를 콱 움켜쥐는 느낌이었다. 의미 없이 마우스를 달칵이던 손을 멈추고 아이의 눈매를 집요히 뜯어봤다. 엄마와 나를 닮은 점이 있나. 잘 모르겠다. 마스크를 벗기고 싶었다. 빤한 시선이 불쾌했는지 신지환이 얼굴을 확 붉히며 작게 욕설을 읊조렸다.

죄송합니다. 조회가 여러 명 되는데 혹시 고객님 휴대폰 번호가 어떻게 되세요?

이를 악물고 씹어뱉듯 번호를 말한 신지환은 빨리 입장권을 내놓으라며 화를 냈다. 죄송하다 고개를 숙이고 표를 발권했다. 신지환이 낚아채듯 티켓을 가져갔다. 뛰어가는 뒷모습이 어딘가 불안하고 조급해 보였다.

나는 재빠르게 신지환의 연락처를 메모장에 옮겨 적었다. 뭔가를 해 보겠다 작정한 것은 아니었다. 구글이나 인스타그램에 검색해 볼까 하는 생각이 일순 머릿속을 스치고 지나갔지만 내키지 않았다. 그럼 돌이킬 수 없어질 것 같았다. 일상 안에서 그들의 흔적을 좇는 것은 자제할 수 없는 충동이었다. 하지만 밖에서도 엄마와 신지환을 찾는 건, 스스로가 허용할 수 있는 선 너머였다. 전화도 마찬가지였다. 그리고 설령 통화가 연결된다 하더라도 무슨 말을 어떻게 물어야 할지, 묻는다고 해도 대답을 해 줄지, 대답을 하고 만약에 맞다면 어떻게 할지…… 어느 것도 알 수 없었다.

호수는 오세아니아의 고지대, 캐피탈에 있었다. 상류층과 독재자 Y가 거주하는 캐피탈은 거대한 시멘트 벽으로 사방이 막혀 있어 출발 지점인 탄광촌에선 안이 보이지 않았다. 살짝 가파른 경사를 따라 올라가 벽을 통과해야만 했다. 나는 오세아니아를 좋아했다. 엄마가 사 준 닌텐도 버튼 글자가 지워질 때까지 펜타월드 속 오세아니아를 뛰어다녔었다.

게임 속 오세아니아는 내전 중이었다. 하층민들을 중심으로 반란이 일어났기 때문이었다. 계기는 지진으로 무너진 광산이었다. 어린 광부들이 그 안에 가득했지만 독재자가 보낸 군대는 그들을 구하려는 노력조차 하지 않았다. 군대는 입구 근처의 광석만 수거한 뒤 빠져나갔다. 언제나 그랬 듯 이 사건은 그대로 묻힐 뻔했다. 그러나 광산 안에서 개죽음을 당한 아이의 아버지가 캐피탈 잠입에 성공, 독재자 Y를 규탄하는 말과 함께 호수에 몸을 던지면서 사건은 수면 위로 드러났다. 국민을 감시하는 텔레스크린의 관리직 G가 이 모습을 녹화하여 송출한 것이다. G를 수장으로 반란군이 조직되었다. 추후 동료가 되는 주요 캐릭터들은 대부분 반란군에 소속되어 있었다. 그들에게 중요한 건 마왕 따위가 아니었다. 그래서 토벌대를 구성하려면 주인공인 플레이어는 오세아니아 독재자를 물리치는 데 힘을 보태야 했다.

펜타랜드의 오세아니아는 메타버스가 가장 활성화된 구역이었다. 고객들은 메타버스와 현실의 다른 점을 찾아다녔다. 캐피탈 외벽에 새겨진 타이포그래피, 게임과 다른 열매가 달린 나무 같은 것들. 메타버스 속 다른 지점을 클릭하면 게임에서 쓸 수 있는 보상을 얻거나 이스터에그를 확인할 수 있었다. 다만 펜타랜드의 오세아니아 구역은 내전 시기를 배경으로 하고 있어서, 순찰 도는 군인 캐스트들이 있었다. 메타버스는 반란군이 만든 소통 창구라는 설정이었으므로, 그들에게 들켜서는 안 됐다. 따라서 이곳의 가장 중요한 규

칙은 은밀해야 한다는 점이었다. 주변을 둘러보니 아무도 없어서 나도 휴대폰을 꺼낼까 하다가, 내키지 않아서 관뒀다.

폐광 입구, 방탄조끼를 입고 총을 든 아르바이트생이 고객들을 안내하고 있었다. 총알에는 형광 물감이 들어 있어 잘 지워지지 않을 수 있으며 그에 대한 보상이나 책임은 질 수 없으니 되도록 코스튬 착용을 권장한다는 내용이었다. 광부 코스튬 위로 방탄조끼를 입은 여자 두 명이 총을 들고 입장하는 모습이 보였다. 어두운 폐광 안에서 진행되는 서바이벌 게임은 청소년부터 청년까지, 주로 어린 연령들에게 인기가 많았다. 신지환도 혹시 저곳에 갔을까.

점심 직후 언니가 출근이라 걸음을 서둘렀다. 배틀로열 과수원 앞에서 숨이 차 잠시 멈춰 호흡을 골랐다. 엷은 베일 같은 권층운이 하늘 전체에 퍼져 있었다. 햇빛이 세지 않은데도 등에 열이 올랐다.

캐피탈은 레스토랑 밀집 구역이었다. 고딕 양식의 높은 건물들이 호숫가를 둘러쌌다. 산책로를 포함해 레스토랑의 바닥은 투명한 유리로 되어 있어 헤엄치는 잉어들이 보였다. 오늘도 식당 입구는 하층민 코스튬을 벗는 사람들로 인산인해였다. 광부 옷을 입고 입장을 할 수는 있지만, 그럴 경우 가장 안쪽의 구석 자리에만 배정되기 때문이었다.

 언니는 호수 지하로 들어가는 입구 벤치에 앉아 있었다. 벌써 탈의실에 들렀는지 회색 점프슈트 차림이었다. 무릎에 포장된 케밥 두 개가 놓여 있었다. 말없이 가 옆에 앉았다. 언니가 콜라를 건넸다. 컵 표면에 맺혀 있던 물기가 주르륵 흘러내렸다. 오래 기다렸냐 묻자 언니는 자신도 금방 도착했다며 내게 손부채질을 해 줬다.

 캐피탈 상주 군대 '치유대'가 우리 앞을 지나갔다. 회색 군복에 헬멧을 쓴 NPC. 그들의 가장 큰 임무는 위화감 조성이었다. 2인 1조를 이뤄 캐피탈을 순찰했다. 레스토랑에 들어가 불쑥 불심검문을 하기도 했다. 그러다가도 오세아니아 국가가 흘러나오면 모두 멈춰 호수를 바라보며 경례했다. 낮고 더러운 건물들, 하지만 비교적 자유로운 시멘트 벽 바깥과 확연히 다른 긴장감을 주기 위한 가장 중요한 업무였다. 국가는 호수 가운데 있는 원통 모양의 옥외 전광판에서 한 시간에 한 번씩 나왔다. 마침 점심 경례가 시작됐다. 우리 옆을 지나던 치유대가 곧장 멈춰 서서 호수를 향해 절도 있게 돌아섰다. 고객들이 신기하다며 사진을 찍었다. 우리는 말없이 케밥을 먹었다. 닭고기가 미지근했다.

오늘 신지환 왔어.

……몇 살?

열다섯 살.

국가가 끝나고 치유대가 순찰을 재개했다. 언니가 나를 보는 게 느껴졌지만 나는 옥외 전광판에 시선을 고정했다. 드론으로 촬영한 오세아니아 구역의 풍경이 끝나고, 맥도날드 광고가 나왔다. 설정상 독재자 Y의 집무실이자 캐피탈을 감시하는 일종의 판옵티콘인데, 저런 걸 내보내도 되나. 세상 처음 맛보는 치킨버거라니. 치킨버거가 거기서 거기지. 케밥을 한 입 물었다. 안쪽에 있는 양상추가 소스에 잔뜩 젖어 잘 잘리지 않았다.

아니지 않을까.

맞을 수도 있잖아.

맞더라도…… 아니야.

원통 모양의 전광판은 물 안에 우뚝 서 있는 것처럼 보이지만, 사실 물이 빠지는 도넛 모양의 하수구 너머에 있다. 땅에서는 보이지 않지만 높은 층수 레스토랑에 가면 보였다. 혹은 호수 지하 환락가에 들어가면, 입구에서부터 유리창 너머로 물이 빠지는 모습을 볼 수 있었다. 흐르는 물 사이로 하수구 바닥까지 이어진 광고판도 보였다. 지하에선 지상과는 다른 내용의 광고들이 나왔다. 성인용품 광고나 야한 향수 광고, 자극적이고 선정적인 이미지들. 그러다 오세아니아 국가가 흐르면 판옵티콘임을 증명하듯 커다란 눈알이 천천히 돌아가며 주위를 응시했다.

언니의 퇴근을 기다리면서 나는 그 앞에 자주 서 있었다. 쌍꺼풀이 없는 커다란 눈을 따라 걸으면 술집과 극장의 소음을 뚫고 가끔 비명 소리 같은 게 들렸다. 하수구 밑바닥부터 올라오는 소리. 언니는 그것도 음향의 일부라고 했지만 나는 왠지 진짜 같다는 생각을 지울 수 없었다.

전광판 관리자인 언니는 하수구 바닥에서 일했다. 지상 레스토랑들이 문을 닫고 치유대도 대부분 퇴근한 시간. 언니와 나는 종종 전광판 내부 엘리베이터를 타고 꼭대기로 올라갔다. 펜타랜드에서 가장 높은 곳. 그곳에 서면 다른 구역까지 훤히 내다 보였다.

누가 우릴 보면 문제가 될 수도 있어서 우리는 주로 엘리베이터 바로 옆에 주저앉아 얘기를 나누거나 가끔 맥주를 마셨다. 그곳에서 나는 약점이 될 만한, 타인에게 절대로 쉽게 꺼낼 수 없던 그런 사정들을 두서없이 늘어놓곤 했다.

언젠가 나는 엄마의 방에 대해 말했다. 아주 어린 시절부터 대학생 때까지 쭉 썼다는 현관문 옆 쪽방. 침대 위 벽에는 엄마가 좋아했던 록밴드의 포스터가 붙어 있고, 책장에는 교과서와 문제집, 대학 교재가 빼곡히 꽂혀 있다. 책상 위 창문에서 새어 들어온 가로등 불빛이 아득하게 작은 방을 채우던 새벽. 침대와 책상 사이에서 엄마는 부른 배를 끌어안고 넘어진다. 나는 언제나 그 장면을 그림 그리듯 상상해보려 노력했지만 잘 되지 않았다. 엄마의 설명만, 문장 그대로 머릿속을 떠다녔다. 아무리 애를 써도 보육원 내 방을 벗어날 수가 없었다. 세 개의 이층 침대가 삼면을 꽉 채우고 있던 방을. 다만 홀로 침대에 누워 고통스러워하는 모습은 생생하게 떠올릴 수 있었는데, 그건 내가 엄마를 다시 만나기 전부터 상상한 모습이기 때문이었다.

  그때는 정말 그랬을지 몰라도 그런 말을 나한테 한 거는, 그냥 본인을 위한 거지.

  내가 말했다. 언니는 보통 크게 별다른 대꾸를 하지도, 비슷한 자신의 경험을 늘어놓지도 않고 그저 듣기만 했다. 그날도 당연히 그러리라 여겼는데, 언니가 입을 열었다.

  고객들은 입구를 통해서만 지하로 들어갈 수 있잖아. 나는 우리가 방금 들어온 직원 전용 통로로만 다니지. 직원 전용 통로는 고객 통로보다 더 깊고 낮은 곳에 있어. 아까 봤겠지만 되게 좁잖아. 장비를 끌고 이동하면 너비가 아슬아슬하게 차거든. 하수구 바닥에 말야. 잉어 사체가 가끔 떨어져. 우리 머리 위로 물이 빠지는 길이 따로 있는데도, 어떻게 된 영문인지 가끔 있더라. 저번에 청소부 아주머니들이 파업했을 때 몇 주 동안 청소를 우리가 해야만 했거든. 우리는 아주머니들처럼 꼼꼼하지 못해서 잉어 사체를 못 보고 지나칠 때도 많았어. 그래도 다음 날이면 알 수 있었는데, 전광판이 내뿜는 열기 때문에 하루 만에 악취를 풍기며 썩어 버리거든. 근데 그런 것까지 고객이 다 알 필요는 없잖아.

하수구 때문에 펜타랜드를 선택했다면서, 언니는 그렇게 말했다. 그리고 뭔가 더 말하려는 것처럼 언니의 입술은 달싹이다가 이내 닫혔다. 아무렇지 않은 표정이었지만 목소리가 낮게 가라앉아 있었다. 지금까지 잘 보여 주지 않던 언니의 속내를 처음으로 깊게 엿본 기분이었다. 그럼에도 나는 언니의 말이 아득하게 느껴졌다. 더 자세히 물어보고 싶었지만, 언니가 나를 보고 있지 않아서 하지 않았다. 다만 언니의 손 위에 내 손바닥을 올렸다. 그제야 언니가 나를 바라봤고,

우리는 웃지도 않고 그냥 서로를 마주 보다가 입을 맞췄다.

 걔는 지금 어디서 뭘 하고 있을까.

 글쎄. 근데…… 모르는 게 좋지 않을까.

 입술을 살짝 벌렸다가 다시 꾹 닫고, 어딘가 곤란해 보이는 표정. 내가 신지환과 엄마 이야기를 하면 언니는 그렇게 반응했다. 그럴 때마다 그날이 생각났다. 썩어 버린 잉어 사체도.

 저녁에 언니와 부동산에 가기로 했다. 전세는 매물도 별로 없고 그나마 나온 집들은 상태가 좋지 않거나 너무 비쌌다. 저번에 본 쓰리룸은 화장실처럼 바닥에 타일이 깔려 있었다. 전에 무슨 용도로 썼던 집이냐 묻자 중개인은 얼버무리며 다음 집으로 가자고만 대답했다. 빨리 집을 구해야 대출을 신청할 수 있을 텐데……. 아직 급한 건 아니니 천천히 찾아보자고 언니는 말했지만, 나는 빨리 끝내고 싶었다. 불안했다. 계약 기간도 한참 남았고, 기숙사에서 쫓겨날 일이 없다는 걸 알아도 그랬다.

 나는 아직 아기인데 왜 이런 일을 해야 하지?

 대신해 줄 사람이 없잖아.

지친 분위기를 풀려고 내가 농담하자 언니가 답했다. 같이 웃었는데, 언니가 갑자기 미안하다고 했다. 잠시 어리둥절했던 나는 도리어 뒤늦게 상처받았다.

신지환. 걔는 아마 부동산에 가 본 적도 없을 거다. 스스로 하지 않아도 해결해 줄 사람들이 있을 테니까. 오늘 온 신지환은 어떨까. 지금은 어디서 뭘 하고 있을까. 단체로 온 젊은 남자들에게 티켓을 발권하면서, 틈틈이 모두의 얼굴을 살피는데 주위가 소란스러워졌다. 안전관리 팀 가드 두 명이 검은 모자를 쓴 남자를 데리고 지나갔다. 신지환이었다.

안전관리 팀 사무실은 매표소 뒤에 있었다. 업무를 하면서도 신경이 온통 그쪽으로 쏠렸다. 무슨 일일까. 왜 끌려온 걸까. 자꾸 손에 땀이 나서 옷에 문질러 닦는데, 가드 한 명이 매표소로 다가왔다. 펜지타 챌린지를 하다가 잡힌 남자애의 예약 내역을 찾고 있다고 했다. 질문을 해도 도통 입을 열지 않아서 아무래도 얼굴을 봐 줘야 할 것 같다고.

제가 갈게요.

자리에서 벌떡 일어났다. 앞에 기다리던 고객이 있었지만 무시하고 안전관리 팀으로 향했다. 반투명 시트지 틈새로 과장과 마주 앉은 신지환이 보였다. 마스크를 벗은 채였다.

눈이 마주쳤다. 적대적인 눈빛. 날 발견한 과장이 들어오라고 손짓했다. 안으로 들어가자마자 누군지 알겠냐는 질문이 날아왔다. 나는 아이를 꼼꼼히 뜯어봤다. 엄마와 혹은 나와 닮은 점이 있지 않을까. 검은 머리, 짙은 눈썹, 덜 자란 턱. 볼과 이마에 여드름도 몇 개 있었다.

아줌마, 뭘 야려요. 짜증나게 씨발.

10시 좀 넘어서 왔던 것 같아요. 청소년권 현장 발권했습니다.

신지환이 고개를 휙 돌렸다. 썬더볼트 두더지 인형 탈 아르바이트생을 옆에서 덮쳤다고 했다. 튤립에 목이라도 부딪혔으면 큰일 날 뻔했다고. 그래 놓고 한마디도 안 한다며, 과장이 심드렁한 표정으로 짜증스럽게 말했다.

혹시 적립이나 할인 안 받았어?

둘 다 안 했습니다. 현금 결제했고요.

얼씨구. 이놈들이 단체로 팁 정리라도 했나. 요즘 싹 다 현금빵이네. 나가 봐.

신지환이 나를 노려봤다. 너 미성년자라고 봐줄 줄 아나 본데, 그만큼 네 부모가 감당하게 되는 거야. 보호자 번호 불러. 닫힌 문 틈 사이로 과장의 목소리가 들렸다. 나는 신지환의 이름도 휴대폰 번호도 알고 있었다. 그걸 알려 주면 보호자가 올 것이다. 그러나 며칠 전 받은 경고가 떠올랐다. 더는 고객들을 불쾌하게 만들지 말라고 대리님은 신신당부했다. 곧 계약 연장 면담이 있었다. 또 고객의 신상을 캤다는 걸 들키면 불리해질 수도 있다. 그럼 기숙사를 나가야만 했다. 모두 아는데도 보호자라는 소리에 흔들렸다. 신지환의 보호자를 확인하고 싶었다. 저 아이가 내 이부동생이었으면 좋겠다. 우리의 엄마가 보호자로 와서, 신지환 때문에 굽신거리는 모습을 보고 싶었다. 나는 흠칫 문고리를 놓으며 한 발자국 물러났다.

일단 데스크로 돌아갔다. 퇴근까지 두 시간 남았다. 그사이에 신지환의 보호자가 나도 모르는 새 왔다가 가 버릴지도 몰랐다. 마음이 급했다. 스케줄을 확인하고 다음 교대 근무자에게 전화를 걸었다. 다음에 대타를 뛰어 줄 테니 일찍 와 줄 수 있냐 물었지만 거절당했다. 나는 잠시 고민했다. 계약 연장 면담이 다시금 떠올랐고, 이 일도 불리하게 작용할 수 있다는 걸 알았지만…… 대리님에게 전화를 걸었다. 통화 연결음을 들으며 기다리는데 세류 언니에게서 연락이 왔다. 칼퇴 할 수 있을 것 같으니 바로 출발하자는 메시지였다.

나는 아무래도 오늘 부동산에 갈 수 없을 것 같다고 답장했다. 무슨 일이냐고 곧장 세류 언니가 물었지만 읽지 않았다. 언니는 이해하지 못할 테다. 아마 날 말릴 수도 있다. 그럼 난 포기하게 되겠지. 그러고 싶지 않았다. 나는 신지환의 보호자를 확인해야만 했다.

신지환의 보호자는 내 교대 시간 즈음에 도착했다. 내가 얼굴을 확인하기도 전에 안전관리 팀 사무실 안으로 뛰어 들어갔다. 조퇴 후 옷도 갈아입지 않고 인적이 드문 복도 구석에 내내 숨어 있던 나는 곧장 그 뒤를 따랐다. 바로 앞이 매표소였다. 연신 두리번거리며 조심스럽게 사무실 문 안을 살폈다. 과장과 신지환, 그리고 여자가 앉아 있었다. 심장이 덜컥 내려앉았다. 당장 확인하고 싶은 동시에 그러고 싶지 않기도 했다. 잠시 벽에 숨어 숨을 골랐다.

벌컥 문이 열렸다. 먼저 나온 신지환이 날 노려보며 빠르게 지나갔다. 그 뒤로 여자가 스쳐 지나갔다. 잠시 얼어 있던 나도 따라갔다. 그들은 실외 주차장으로 향했다. 혼잡한 입구를 지나 밖으로 나서자 해가 지고 있었다. 옅은 베일 같은 구름이 반사하는 노을빛으로 주차장은 붉게 물들어 있었다.

여자가 연신 부르는데도, 신지환은 성큼성큼 멀어져만 갔다. 여자는 주차장 한복판에 멈춰 서서 머리를 짚고 한숨을 내쉬었다. 나는 걸음을 빨리했다. 저기요. 조심스럽게 여자를 불렀다.

아직 뭐가 더 남았나요.

아뇨, 그게 아니라…….

내 유니폼을 보며 여자가 말했다. 여자의 얼굴은 붉은 노을빛을 받아 검게 물들어 있었다. 엄마와 나이대는 비슷해 보였지만, 이마에 흉터가 없었다. 애초에 둥그렇고 튀어나온 이마도 아니었다. 하지만 마스크를 쓰고 있었다. 하관은 다를지도 몰랐다. 이마의 흉터는 피부과 시술을 받을 수도 있는 거 아닌가. 그러나 머리색도 체형도 달랐다. 엄마는 키가 작았고 여자는 나와 비슷했다. 엄마가 아닌 것 같았지만, 사실 엄마의 얼굴이 잘 기억나지 않았다. 그나마 기억하는 나와의 공통점은 억지 비슷한 것들도 많았다. 이마의 흉터만이 유일하게 확실한 것이었는데…… 제대로 기억하고 있는 것이 맞나? 나 좋을 대로 왜곡한 건 아닌가? 내가 말을 잇지 못하자 여자가 한숨을 내쉬며 돌아서려 했다.

혹시 성함이 어떻게 되세요?

여자의 이름을 듣고 얼굴이 확 달아올랐다. 엄마가 아니다. 고개를 숙여 사과했다. 여자는 잠시 나를 빤히 보다가 등지고 걸어갔다. 나는 가만히 서서 멀어져 가는 뒷모습을 바라봤다.

 펜타랜드로 돌아가면서, 나는 엄마의 가족관계증명서를 확인하던 새벽을 떠올렸다.
 언니, 나 이부동생 있다. 대박이지.
 차마 입을 열지 못하는 나를 보며 괜찮냐 묻던 세류 언니에게 그렇게 대답했다. 그리고 웃었다. 진짜로 웃겨서였다. 조금만 생각해 보면 알 수도 있었을 사실을 의식적으로 내가 외면해 왔다는 게 특히 그랬다. 언니는 어쩔 줄 몰라 했지만 나 혼자 한참을 웃었다.
 보육원 퇴소를 앞두고 있던 무렵 휴대폰이 박살 났다. 데이터 백업도 해 두지 않아 연락처도 사진도 다 사라졌다. 엄마 사진도, 번호도 마찬가지였다. 착잡했다. 새 휴대폰을 구입하러 들른 매장에서 직원은 번호를 바꾸고 통신사 이동을 하면 가격이 훨씬 저렴해진다고 말했다. 나는 잠시 고민하다가 그렇게 했다. 기다리면 언젠가 엄마에게 연락이 올 수도 있을 테지만, 더 이상 나만 기다리고 싶지 않았다.

혹시라도 너한테 전화가 올까 봐 계속 이 번호를 썼어.

처음 엄마의 얼굴을 봤던 날. 엄마는 나를 데리고 휴대폰 대리점에 갔다. 그리고 번호를 바꾸며 그렇게 말했다. 모두가 010을 쓰던 그때까지도 엄마는 011을 쓰고 있었다. 내가 보고 싶었다고. 그 말대로 엄마는 자주 나를 찾아왔고 자주 전화했다. 내가 먼저 연락할 수 없다는 게 그땐 괜찮았다. 그러나 갈수록 빈도가 줄어들면서 나는 괜찮지 않아졌다. 혹시 다시 나를 안 보려는 걸까 매일 맘을 졸였다. 저번에 만났을 때 내가 무슨 실수를 했나, 내가 더 살갑게 굴었어야 했나. 그런 생각들을 곱씹고 또 곱씹었다. 그게 지겨워서 차라리 모르는 사이로 돌아가는 게 엄마에게도 나에게도 좋을 거라고 여겼다. 보육원을 나서던 날 원장님이 엄마의 번호를 알려 주겠다 했을 때 거절한 것도 그래서였다. 그게 오기였다는 걸 지금에야 알았다. 엄마도 내가 그랬던 것처럼 맘을 졸이기를 바라며 부린 오기.

그래도 불행을 바란 적은 없었는데…… 신지환. 그 이름 때문이었다. 그래서 저 아이가 내 이부동생이기를 바랐다. 엄마가 불행했으면 했다. 엄마의 남편도 마찬가지다. 세 명이 서로를 미워하고 원망하기를 바랐다. 일반적인 가정 같아 보이지만, 자세히 보면 불화가 가득하기를 바랐다. 상세증명서에만 나오는 내 이름처럼, 숨겨진 무언가가 있기를.

*

언니는 호수 앞 벤치에 앉아 있었다. 계속 나를 기다린 듯했다. 조용히 다가가 앉았다. 내 얼굴을 조심스럽게 감싸 쥔 언니가 나를 살폈다.
확인했구나.
응.
우리는 서로를 가만히 응시했다. 그러다 문득 그 일이 있던 새벽, 언니가 웃지 못했던 이유를 깨달았다. 나도 몰랐던 내 저열한 질투심을, 내가 내보이기도 전에 언니는 알았구나. 그래서 묻어 두라고 계속 말했던 거구나. 그리고…… 그래서 우리는 결국 함께 살지 못할 거라는 생각을 했다.
덥다, 언니.
내 말에 벌떡 일어난 언니가 아이스크림 판매대로 향했다. 나는 우리를 명명하고 싶었지만, 언니의 저런 행동에서 나와 마음이 같다는 걸 알 수 있어서 기다렸다. 그렇다고 불안하지 않은 게 아니었다. 하루 빨리 우리의 관계에 이름을 붙이고 싶었는데…… 그러지 않아 다행이었다.

노을이 거의 다 저물었지만 아직 호수 끝자락은 붉은색으로 일렁이고 있었다. 국가가 울려 퍼졌다. 치유대가 경례했고 큰 소리로 웃으며 내 앞을 지나간 커플이 지하로 사라졌다. 나는 지하의 커다란 눈알과 비명 소리를 떠올렸다. 오늘도 하수구 밑바닥에 잉어가 떨어졌을까. 그 비명은 팔딱거리며 죽어 가는 잉어가 내지른 소리일지도 몰랐다. 국가가 그칠 때쯤엔 결국 죽어서 전광판 열기에 천천히 썩어 가고 있을지도.

언니가 돌아왔다. 우리는 나란히 앉아 소프트콘을 먹었다. 나는 바닐라, 언니는 초콜릿이다. 국가가 그쳤다. 치유대가 순찰을 재개했다. 내 눈치를 보는 언니가 안쓰러웠지만, 그뿐이었다.

3
폭죽 파편 맞기

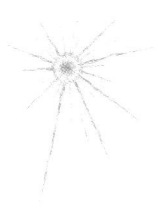

폭죽 파편이래요.

뜰채를 건네주며 C가 말했다. 그가 가리킨 곳은 두 개의 바데 풀 중 작고 네모난 쪽이었다. 난간에 발을 걸치고 안을 들여다봤다. 뜨거운 습기 때문에 선글라스가 뿌예져서 대충 옷으로 문질러 닦았다. 무언가 부상했다 가라앉기를 반복 중이었다. 손으로 잡아 보려 했지만 수류 때문에 쉽지 않았다.

근데 여긴 조용하네요.

오늘 비행장 라운지 첫 근무예요? 평소엔 사람 더 없어요.

C는 어깨를 으쓱하며 무전기 소리를 줄여 놨다는 말을 끝

으로 대기실로 향했다. 나는 뜰채 안을 살폈다. 다갈색 종이 쪼가리가 물에 퉁퉁 불은 방수 밴드와 머리카락 뭉치, 나무꼬치와 엉킨 채 뜰채 가득 들어 있었다.

손님이 있어서 일단 뒤로 물러섰다. 광복절인데다 금요일이라, 아직 점심 전인데도 탈라세나반도의 워터 파크는 인파로 정신이 없었다. 비행장 라운지에 오기 전 야외 유수 풀과 야외 키즈 존 근무를 서다 왔는데, 사람들 머리 때문에 바닥이 안 보일 정도였다. 특히 워터 슬라이드 쪽은 정말 미어터질 지경이었다. 대기시간이 이미 1시간 20분을 넘었다. 그 와중에 기계에 튜브가 끼였는지 무전기가 연신 작동했다. 조금 더 소리를 줄였다.

저 밑의 모든 소란과 무관하다는 듯, 비행장 라운지는 조용했다. 수압 안마기 소리와 물을 가르는 발장구 소리, 각자의 자리에서 작게 소곤거리는 대화 소리가 전부였다. 작고 비싸고 그래서 프라이빗한 곳. 야외 키즈 존 옆, 가드가 지키고 있는 계단을 오르면 비행장 라운지가 나왔다. 중앙에는 타원형의 커다란 메인 바데 풀이 있었다. 겨울에는 따뜻한 물을 쓰지만, 한여름엔 미온수로 채워진다. 안마 의자는 아래쪽을 내려다보는 방향으로 다섯 개가 있었다. 그 옆 정사

각형의 작은 바데 풀은 한여름에도 따뜻한 물을 썼다. 노천 온천처럼 앉을 수 있는 턱이 있고, 가운데에는 수중 기포가 솟아올랐다. 차가운 물을 쓰기에 햇빛에 그대로 노출되는 메인과 달리 온수를 쓰는 작은 바데 풀은 격자 형태의 천장 구조물 아래 있었다.

그 주위를 감싸 안듯 열댓 개의 카바나가 놓여 있었다. 카바나는 탈라세나반도의 최고 권력자 '벨레라폰'의 고철로 된 비행선을 본 딴 모양으로, 대여료는 90만 원부터 시작이었다. 그걸 빌려야만 비행장 라운지에 들어올 수 있었다. 혹시라도 라운지 안에서 사진을 찍거나 바데 풀에 들어가 놀아서는 안 된다고 사원들은 연신 경고했다.

비행장 라운지에 올라온 건 처음이었다. 스캐닝 근무지인데다 사람도 적어 마땅히 할 일이 없는데, 가만히 있기도 머쓱해서 그냥 돌아다녔다. 바데 풀과 카바나 사이 둥근 자갈이 깔린 길, 중간중간 동그란 원통 골판지들이 눈에 띄었다. 쪼그려 앉아 줍기 시작했다. 이게 뭘까. 원통을 주워 뜰채 안에 집어넣다가 이게 바로 폭죽 파편이라는 걸 깨달았다. 원래는 이런 모양인데 물에 젖어 헤지고 풀어져서 이런 쪼가리들이 됐구나. 파편에 대해서 생각해 본 적은 한 번도 없었다. 그동안 불꽃놀이를 볼 때 한 번이라도 머리 위로 떨어진 적이 있다면 알았을 텐데.

　손님 한 명이 다가왔다. 불꽃놀이는 언제 어디서 하냐고 묻길래 중정에서 9시 10분에 한다 대답했다. 8월 1일부터 시작된 불꽃놀이는 오늘이 마지막이었다.

　볼만한가요?

　글쎄요, 저도 본 적은 없어서요.

　다른 부서는 퇴근하면서 보기도 한다던데, 라이프가드 퇴근은 그보다 일러서 따로 시간을 내야만 했다. 나는 흥미가 동하지 않았다. 고단한 몸을 이끌고 사람들 틈바구니에 섞이고 싶지 않았다. 그런 나를 설득하던 재상은 결국 다른 사람들과 보러 갔었는데……. 오늘 근무가 끝나고 처음으로 함께 중정에 가기로 했다. 오늘이 마지막 근무인 재상은 내일 기숙사를 떠나기 전, 마지막으로 로맨틱하게 불꽃놀이 데이트를 하고 싶다고 말했다. 아직도 포기하지 않았구나. 로맨틱은 개뿔, 마지막 섹스 각을 잡고 싶은 거겠지 싶었지만 수락했다.

　누가 그 돈을 주고 저런 걸 빌릴까 싶었는데 어느새 만석이었다. 어디 설까 고민하다가 네모난 바데 풀 근처 그늘에 자리 잡았다. 날씨가 더워 온수 탕에는 커플 한 쌍뿐이었다. 가슴까지 몸을 담그고 발개진 얼굴로 그들이 입을 맞췄다. 둘은 머리까지 푹 젖어 있었다. 역겨워서 재빨리 시선을 돌렸다.

고작 하루에 세 번 정수기를 돌리고 아침에 가라앉은 먼지를 흡입기로 빨아들여 청소하는 게 끝이다. 누군가 토를 해도 뜰채로 건더기를 건져 내고 흡입기만 돌린다. 물을 가는 일은 극히 드물다. 지금 그들은 서로의 타액을 교환하는 것보다 더 많은 사람들의 각질과 분비물, 미세먼지와 자연의 부산물, 유아의 대소변을 삼키고 있겠지. 오늘은 폭죽 잔해까지 들어 있는데 그조차도 보이지 않는 걸까. 저들은 온몸에 스며든 물이 얼마나 더러운지 상상도 못 할 것이다. 입수 근무를 선 여성 라이프가드 대부분이 온갖 여성 질환을 앓을 정도인데도.

아르바이트를 시작한 뒤 분비물이 눈에 띄게 늘었다. 그것뿐이었으면 아마 그냥 넘겼겠지만, 규칙적이던 생리주기가 흐트러지고 부정 출혈이 비치면서 불안해졌다. 설마 착상혈인 건 아니겠지. 그것만 아니길 바라며 여성의학과를 찾았다. 재상에게 함께 가 달라 할까 싶었지만 그냥 혼자 갔다.

질염도 있고…… 자궁 경부가 헐었네요? 난소에 물혹도 있고.

  경부암 주사를 맞은 적 있냐 묻길래 없다고 대답했다. 그래도 아직은 염증 정도이니 약만 잘 먹으면 된다는 말에 안심했다. 그보다 걱정은 물혹이었다. 5센티미터. 보통 6센티미터부터 수술로 적출하는데, 아직은 그럴 단계가 아니며 젊은 사람은 생겼다 없어졌다 하기도 한다고 의사는 말했다. 물혹이라니. 그냥 놔둬도 안전한 거냐 묻자 악성 여부는 MRI를 통해서만 확인이 가능하다고 했다. 수중에 가지고 있는 돈을 헤아렸다. 그동안 여기 와서 쓴 술값이나 재상과의 데이트 비용이 그제야 아까워졌다.

  집에 도와달라 해 볼까 하다가 관뒀다. 왜 그런 게 생겼냐며 추궁할 게 뻔했다. 워터 파크 수질 때문에 생긴 게 분명했지만, 그렇다고 말할 수가 없었다. 아빠는 내가 마케팅 회사 인턴으로 일하는 줄 알고 있었다. 여름방학, 본가에 내려가기 싫어 한 거짓말이었다. 다른 때였으면 그조차도 들어주지 않았겠지만 대학 막학기를 앞둔 시점인 게 도움이 됐다. 집에는 말할 수 없었다. 내가 여기에 와 있다는 걸 알게 되면 직접 차를 끌고 데리러 올 테지. 그러고는 내 문란함을 추궁할 게 분명했다.

결국 추적 관찰을 하기로 결정하고 염증약만 처방받아 병원을 나섰다. 낡은 복도에서 엘리베이터를 기다리며 천장을 올려다봤다. 복도를 비추는 형광등 조명 때문에 눈앞이 하얗게 번쩍였다.

관계는, 해도 되나요?

아무래도 치료하는 동안엔 되도록 안 하시는 게 좋죠.

진찰실을 나가기 전 들은 말을 곱씹었다. 재상에게 어떻게 말해야 할까? 그날도 재상과 드라이브 약속이 있었다. 펜타랜드는 외진 곳에 위치해 있어 저녁이면 사위가 아주 조용하고 깜깜했다. 목적지 없이 그런 곳을 재상의 차로 돌아다니다가, 구석진 곳에 차를 세우고 섹스하기. 정해진 루틴이었다. 어떻게 말해야 할까. 재상의 퇴근 시간까지 계속 고민해 봤지만 결국 말하지 못했다. 입을 열기가 어려웠다. 어떻게 말해도 재상을 탓하는 어투가 될 것 같았고 그렇게 우리 사이에 내려앉을 불편한 공기가 두려웠다. 결국 정해진 시간이 왔을 때 나는 말없이 받아들였다. 삽입부터 끝까지, 쓰라림 때문에 하나도 즐겁지 않았던 기억.

커플이 나간 뒤 난간을 밟고 섰다. 뜰채를 잡았지만 빠른 수류 때문에 쉽지 않았다. 물 안에 들어가 하는 게 쉽겠지만, 병원에 다녀온 이후 입수를 최대한 피하고 있었다. 마침 발에 물무좀이 생겨 핑계도 좋았다. 구내염처럼 하얗고 둥그런 자국들이 발가락 사이사이 잔뜩이었다. 동료들에 의하면 약을 바르고 한동안 물에 닿지 않게 조심하면 금세 괜찮아진다던데, 영 나을 기미가 보이지 않았다. 입수를 피해도 살이 파이는 것처럼 뜨겁고 간지러운 고통이 계속됐다.

대리석 난간을 잡고 서서 올라오는 조각들을 간신히 건지는데, 호각이 세 번 울렸다. 빠른 템포. 기술적인 문제가 생겼다는 신호였다. 기둥을 잡고 몸을 쭉 뺐다. 페가수스가 멈췄다. 하늘로 앞발을 치켜 올린 자세였다. 날개도 펼쳐진 채였다. 라이프가드들이 고객들을 하차시키고 있었다. 줄줄이 내려오는 사람들……. 비싼 값의 전용 탑승권을 따로 구입해야만 하는데도, 이곳의 대표 시설인 만큼 항상 인기가 많았다. 오늘은 광복절인데다가 페가수스 이벤트 때문에 더욱 붐볐다. 벨레로폰이 천 박사를 살해했다는 증거를 잡을 수 있는 기회였다.

탈라세나반도는 과학자 벨레로폰의 권위 아래 짓눌려 있었다. 이 워터 파크는 바로 그가 거주한다는 반도의 동해, 작은 섬 '스타블로스'였다. 그리스어로 마구간이라는 뜻으로, 해무가 없는 날에는 본토에서도 페가수스의 하얀 몸이 보이기 때문에 붙여진 이름이었다. 페가수스는 벨레로폰이 타고 다니는 개인 비행정으로, 거대한 몸체와 비효율적인 설계에도 불구하고 날렵하게 하늘을 날아다닌다는 점에서 권력의 상징이었다. 히피라고 불리는, 게임 속 탈라세나반도 캐릭터들은 벨레로폰을 무너뜨리고 천연 에너지를 되찾아 올 목적으로 이곳에 숨어든다.

페가수스는 야외 유수 풀 안쪽, 투명한 벽으로 분리된 라인에서 작동했다. 3미터 수심에 겨우 종아리만 잠기는 거대한 기계장치로, 워터 파크 안 어디서든 볼 수 있었다. 머리에서는 일정한 간격으로 물이 뿜어져 나왔고, 수면 아래 설치된 단층을 밟고 금방이라도 비상할 것처럼 날개를 펄럭이기도 했다. 마디마다 분절된 날개와 다리 관절들로 자유롭게 걸어 다녔다. 입력된 명령대로 움직일 뿐이지만, 덕분에 마치 살아 있는 것처럼 보였다.

고객들은 다리에 난 계단을 올라 페가수스 등에 앉았다. 안장 모양으로 파인 바닥에는 얕은 물이 깔려 있고, 의자는 한 방향으로 고정되어 있지 않았다. 운행이 시작되면 안전

벨트에 묶인 사람들은 페가수스의 움직임에 따라 앞뒤 좌우로 마구 돌아갔다. 페가수스가 몸을 들어 올릴 때 바닥에 깔려 있는 얕은 물이 벼락처럼 넘실거렸다. 고객들은 한 손에 휴대폰을 꽉 쥔 채 빙글빙글 돌아가며 웃음을 터트렸다.

검은 옷의 테크 팀이 몰려가는 모습이 보였다. 전에도 비슷한 일이 있었다. 휴무를 맞아 놀러온 라이프가드들이 장난을 치며 안전벨트를 푼 탓이었다. 그중에는 재상도 있었다. 그날 놀러 온 휴무자들까지 불려 와 퇴근 종례 때 다 같이 혼났다. 사원은 육두문자까지 섞어 가며 윽박을 질렀다. 재상은 딱히 개의치 않아 했다. 얼떨결에 같이 혼난 나에 대한 걱정 따위는 당연히 없었다.

한 번도 인정한 적은 없지만, 우리는 공공연한 놀림감이었다. 그날 대기실에 들어가자마자 사원은 나를 보며 네 애인 관리 좀 똑바로 하라고 핀잔을 줬는데, 당연히 재상을 염두에 두고 한 말이었다. 나는 잘못한 게 하나도 없었지만 죄송하다고 고개를 숙였다. 정작 재상은 아무 대꾸도 하지 않았다.

*

　30분 쉴 수 있는 비상대기 시간이었다. 비행장 라운지 계단을 내려가는데, 재상이 시야에 들어왔다. 해물 튜브 슬라이드 앞, 여자 손님 한 명이 핸드폰을 건네고 있었다. 재상은 웃으면서 받아들었다. 번호라도 따인 걸까. 잠시 멈춰 서서 지켜보다가, 뒤를 돌았다.
　흡연 구역에는 교대를 마치고 온 근무자들이 가득이었다. 둥그렇게 모여서 페가수스에 대한 이야기를 하고 있었다. 조금 떨어져서 담배에 불을 붙였다. 딱히 말을 섞고 싶은 기분이 아니라 가만히 들으며 한 대를 피우고, 연이어 한 대를 더 입에 물었다. 담배가 늘었다. 고된 업무 강도를 비롯한 스트레스를 풀 방법이 이것뿐이었다.
　언니, 퇴근하고 뭐 해요? 애들이 술 마시러 가자던데.
　뒤늦게 도착한 K가 내 옆에 앉으며 말했다.
　나 약속 있어.
　누구랑?
　김재상이랑 중정 가기로 했어.
　K는 탐탁지 않은 얼굴로 고개를 끄덕였다. 재상과 내가

가까워지기 시작했을 무렵부터, 내게 재상에 대한 소문을 전해 주었던 아이. 클럽에 가서 원 나잇을 했다. 다른 구역, 그것도 매번 다른 사람들과 목격된다. 휴무 때마다 워터 파크에 여자들과 놀러 온다……. 주로 이성 관계와 섹스에 관한 소문들이었다. 그건 K가 해 준 경고였다. 그 마음을 알고 있었고, 소문이 과장되었을 가능성은 있지만 대체로 사실이라는 것도 알았다. 그런데도 나는 재상과 관계를 이어 나갔다.

재상을 생각하면 보기 좋게 탄 피부가 물에 젖어 반짝이던 장면이 가장 먼저 떠오른다. 아침 청소를 마치고 파도 풀 앞에서 웨트슈트를 벗고 있던. 가슴이 나보다 큰 것 같다. 그런 생각을 하며 홀린 듯 쳐다보다가 눈이 마주쳤다. 나는 황급히 시선을 돌렸다. 평생 그런 몸을 실제로 목격한 건 그때가 처음이었다. 나는 순수하게 감탄했다.

페가수스 왜 멈췄대요?

나도 아직 잘 모르겠어.

불편한 분위기를 환기하려는 듯 K가 말했다. 그게 고마웠고 더 이야기를 이어 가고 싶었지만 나도 이유를 알지 못해 그렇게 대답했다.

유수 풀 입구에서 교대를 마치고 레스큐 튜브를 파지했다. 바로 옆 페가수스 탑승구에 서 있던 테크 팀 한 명이 다가와 바리케이드를 찾았다. 비상 버튼 뒤에서 꺼내 설치를 도왔다. 오늘은 더 이상 손님을 태우지 않을 요량인 듯했다.

원래는 물 안쪽까지 왔다 갔다 하며 근무해야 하지만, 입수를 하지 않고 난간 쪽에 붙었다. 마른 옷을 입고 서 있자니 햇빛이 닿는 면적마다 타들어 가는 것 같아 손으로 물을 떠 끼얹었다. 뭍까지 밀려온 튜브들을 안쪽으로 밀어 넣고 구명조끼를 입지 않은 어린 아이들을 잡아 세웠다.

그러는 동안에도 페가수스는 아까 그 자세 그대로 멈춰 있었다. 손님 몇이 다가와 이유를 물었다. 아직 정확한 원인에 대한 지침이 내려오지 않았다. 쏟아지는 불만을 외면하기 위해 괜히 표지판을 만지작거렸다. 맨 위에 표시된 대기 시간은 120분에 멈춰 있었다. 많은 인원을 수용하지만 기구가 하나뿐인데다 유수 풀을 헤치며 한 바퀴를 돌기 때문에 평소에도 다른 기구들에 비해 대기시간이 길었다. 보통 최소 40분이었다. 하지만 120분이라니. 손님들의 컴플레인트가 폭주하고 있을 게 안 봐도 뻔했다. 날은 더웠고 사람은 많아 모두가 예민했다. 나도 마찬가지였다. 표지판 밑 그늘에 자리를 잡았다.

 별자리가 되기 전엔 올림포스에서 제우스의 천둥과 번개를 운반했다는 페가수스! 그를 본떴기 때문일까요? 천둥번개가 치는 날 먹구름 사이로 벨레로폰의 페가수스를 목격한 사람들의 증언이 끊이질 않고 있어요. 천 박사가 죽은 그날도 비가 오는 아주 흐린 날씨였다는 건 히피들은 모두 아는 사실! 혹 그날도 벨레로폰이 페가수스를 탔던 건 아닐까요? 직접 탑승해 증거를 모아 보세요!

 표지판 내용은 처음 보았다. 탈라세나반도는 증기기관의 연료인 석탄 매연과 탄가루로 환경오염이 심각한 세계였다. 해가 높게 떠 있는 정오에도 검고 자욱한 연기로 거리가 뿌옇고, 하천 역시 까맣게 물들어 있다. 그러나 스타블로스는 달랐다. 하얀 해무가 낄 때를 제외하고 공기는 쾌적했으며 맑은 물이 가득했다. 이 사실은 게임 초기에는 철저히 숨겨진다. 플레이어가 히피의 일원이 되어 천연 대체에너지를 발명한 과학자 천 박사를 벨레로폰이 살해하고 은폐했다는 사실까지 알아내야만 스타블로스의 존재가 밝혀진다.
 재상이 언젠가 이런 얘기를 해 준 적이 있었다. 그리스 로

마 신화에 따르면 아테나가 준 황금 고삐로 페가수스를 길들인 인간 벨레로폰은 수많은 전쟁에서 승리했다. 자신이 신과 동급이라 자만한 벨레로폰은 신들의 나라로 향하기 위해 페가수스를 타고 날아올랐다. 제우스는 분노했고 페가수스를 놀라게 해 벨레로폰을 추락시켰다. 그 후 페가수스는 은하수 속으로 도망쳐 별자리가 되었다고 했다.

이 게임의 끝에서 히피들에 의해 벨레로폰이 추락한다면, 그들이 일종의 제우스가 되는 거 아닐까. 지배에서 벗어나는 게 아니라 결국 권력의 세대교체인 거지.

재상이 말했다. 나는 그 이후부터 벨레로폰을 상상할 때마다 재상의 얼굴을 대입하곤 했다. 이전에 페가수스가 멈추고 거기서 내려오는 재상을 본 이후부터는 도저히 다른 얼굴을 떠올릴 수가 없었다. 한 번도 소리 내어 말하거나 명확한 문장으로 생각해 본 적은 없었지만.

유수 풀 입구에서 한 남자가 역주행했다. 나는 바로 휘슬을 입에 물었다. 혀를 대었다 떼며 짧고 크게 한 번 불었다. 선글라스 너머 분명 눈이 마주쳤는데, 남자는 무시했다. 거북이와 물고기 모양 튜브를 타고 안으로 흘러가는 사람들과 끊임없이 부딪히면서도 물길을 거슬렀다. 오늘은 사람이 많아 더욱 위험해 보였다. 난간을 타고 올라가 휘슬을 여러 번 불었다. 남자는 무시하며 점점 가까워졌다. 거의 다 빠져나와 더 이상의 경고는 무의미할 것 같았다. 일단 지켜봤다. 밖으로 나오면 붙잡을 작정이었다.

남자는 입구 근처에서 계속 미끄러졌다. 그쯤이면 물의 흐름을 피해 옆으로 빠지면 되는데, 미련하게 계속 유수를 거슬렀다. 대부분의 고객들이 그래서 이곳을 잘 빠져나오지 못했다. 밖인 난간 위에서는 물의 흐름이 아주 잘 보이지만, 안에서는 잘 보이지 않기 때문일 것이다. 그래도 생각이란 걸 조금만 하면 될 텐데. 남자가 구해 달라는 듯 나를 바라봤다. 나는 그냥 한 바퀴 더 돌아서 나오라고 소리쳤다. 여태까지 경고는 다 무시했으면서, 괘씸했다. 남자는 결국 안쪽으로 사라졌다.

먼저 다가온 건 재상이었다. 둘이서 술을 진탕 먹고 재상의 차에서 첫 섹스를 했다. 흰색 아반떼 조수석. 좁고 불편했지만 나쁘지 않았다. 상대가 싫지 않았고 애초에 섹스도 좋아하는 편이었다. 나를 짓누르며 올라탄 재상이 거칠게 움직이다 천장에 머리를 박는 모습도 볼만했다. 멈추지 않고 움직이면서 나를 무겁게 끌어안는 게 좋았다. 그래서 계속 만났다. 걱정이 되지 않은 것은 아니었지만, 살면서 한 번쯤은…… 그것뿐이었다.

재상도 아마 마찬가지였을 것이다. 둘이 사귀냐는 말에 한 번도 확답한 적 없고 언제나 의뭉스럽게 웃는 얼굴. 몸만을 공유하는 우리의 관계. 단순하고 쉽다고 여겼는데, 알 수 없어진 건 최근이었다. 고통 속에 섹스를 했던 이후, 나는 재상을 거부했다. 너무 피곤하다거나, 생리를 하는 중이라고 둘러댔다. 벌써 3주째였다. 금방 멀어질 거라 예상했지만 의외로 관계가 쭉 이어졌다. 우리는 섹스 없이 드라이브를 하고 식사를 했다. 부정출혈은 멈췄고, 삽입하지 않으니 더 이상 쓰라리지 않았다. 질염은 아직 낫지 않아 종종 간지러웠고, 물혹은 아직 있는지 사라졌는지 알 수 없었지만. 그것보다 더 중요한 건, 잊고자 하면 잊을 수 있을 정도로 이제 익숙해졌다는 점이었다.

재상은 오늘이 마지막 근무였다. 앞으로 우리는 어떻게 될까.

역류하던 남자가 입구에 나타났다. 이번에도 옆으로 빠지지 않고 꾸역꾸역 유수를 거슬렀다. 휘슬을 불고 옆으로 빠지라 손짓했다. 여러 번 반복해도 남자는 알아듣지 못했고 다른 손님들의 불쾌하다는 눈초리만 모여들어서 결국 레스큐 튜브를 파지한 채 안으로 들어갔다.

유니폼 사이로 스며드는 물이 따뜻하고 그래서 불쾌했다. 유수 풀은 순환하는 것처럼 보이지만 고여 있을 뿐이어서, 높아진 수온이 쉽게 식지 않았다. 작열하는 태양과 끊임없이 뛰어드는 사람들의 체온 때문이었다. 한낮에는 수면과 물 밑의 차이도 거의 없었다. 빽빽하게 들어찬 인파로 수영이 쉽지 않았다. 유수를 따라 걷는 수밖에 없었다. 여전히 유수 한가운데를 거스르는 남자를 바라보다가, 페가수스의 엉덩이로 시선을 돌렸다. 흰색 아반떼가 자꾸 생각났다. 조수석에서 다리를 벌리던 순간도.

*

뭍으로 나가자 교대 근무자가 출입금지 팻말을 들고 왔다. 바리케이드에 부착하는 것을 도왔다.

왜 멈췄대요?

근무자는 자기도 아직 잘 모른다고, 마감쯤 물 다 빼서 확인한다는 말만 들었다고 했다. 그리고 기술적으로 문제가 생겼으며 곧 고객들에게 개별 문자 발송 예정이니 기다려 달라 응대하라고 말했다.

고개를 끄덕이고 야외 키즈 존으로 향했다. 앞선 근무자에게 인수인계를 받는 동안 한 아이가 잠수하는 모습을 보았다. 수면이 성인 종아리 즈음에서 찰랑거리는, 잠수가 금지된 아주 얕은 풀이었다. 가까이 다가가 아이가 올라오길 기다렸다가 경고했다. 다른 고객들이 고삐 풀린 말처럼 뛰면서 드나드는 중이었다. 밟힐 위험이 컸고 바닥에 얼굴을 쓸릴 수도 있었다. 아이는 내 말이 끝나기도 전에 다시 잠수했다. 머리가 밖으로 나올 때마다 여러 번 경고했지만 아이는 들은 척도 안 했다. 그런 아이들이 태반이었고 그래서 익숙하지만 그래도 기분은 항상 나빴다. 더 이상 안 되겠다 싶어 물 안으로 들어가 아이의 구명조끼를 낚아챘다.

밖으로 나오세요.

그렇게 말하자 아이는 돌연 울음을 터트렸다. 바닥에서 건진 듯한 쓰레기도 내게 던졌다. 근처에 있던 보호자가 그제야 달려왔다. 나는 또다시 설명을 시작했지만, 보호자도 듣지 않았다. 왜 애를 울리냐며 욕을 하고 고성을 질렀다. 왜 애를 만지냐고도. 이런 경우 때문에 아이를 잡아서 제재해야 할 때는 무조건 구명조끼를 낚아챈다. 침착하게 보호자에게 설명을 이어 나갔다.

당신, 이름이 뭐야?

알면 뭐 하시게요. 그 말이 턱끝까지 차올랐지만 참았다. 대답 없이 가만히 쳐다보자 보호자가 내 목에 걸린 이름표를 쿡 찔렀다.

너 이름 기억했어.

기억해서 뭐 어쩌시게요. 이번엔 못 참을 뻔했는데, 그 전에 보호자가 아이의 손을 잡고 떠났다. 컴플레인트를 걸겠구나. 상관없었다. 나는 매뉴얼대로 일했다. 가끔 저런 진상들이 있었다. 호흡을 가다듬고 그새 바닥에 가라앉은 쓰레기를 건졌다. 물에 잔뜩 불어나 두툼해진, 미끌미끌한 방수밴드였다.

카바나는 여전히 만석이었다. 정수리가 뜨거웠다. 또 붉게 타겠구나. 그런 생각을 하는데 한 손님이 다가왔다. 언제쯤 정상 운행을 하느냐고 따지는 말투. 아마 오늘은 운행을 중단할 예정이라 응대하자, 페가수스 이벤트 때문에 온 건데

어떡하냐며 작게 짜증을 냈다. 습관적으로 죄송하다 고개를 숙였다. 가만히 있자 손님이 투덜거리며 스쳐 지나갔다. 진상을 한두 번 겪은 것도 아닌데, 조금 손이 떨렸다.

또 호각 세 번이 울려 퍼졌다. 멀리로 시선을 던졌다. 테크 팀 세 명이 페가수스에 달라붙어 있었다.

이전에 페가수스가 멈췄던 그날, 사원들의 언성이 점점 높아지는데도 재상은 대꾸조차 하지 않았다. 그 말만 하면 상황이 끝날 텐데, 절대로 하지 않았다. 옆에 있던 내가 아주 작은 목소리로 그냥 죄송하다 말하라 했지만 소용없었다. 윽박이 이어지다가 욕설까지 더해졌다. 옆에 있던 나에게도 화살이 돌아왔다. 나는 고개를 푹 숙이며 죄송하다 말했다.

죄송하지 않은데 왜 죄송하다고 말해야 해? 난 그런 취급 받을 사람 아냐.

함께 퇴근하면서 재상이 했던 말. 나는 조금 불쾌하고 부끄러웠다. 재상 대신 사과를 했다는 사실 때문이었다. 그럼 나는 어떤 사람이기에? 어쩌면 그동안 나는 스스로를 그런 취급 받아도 되는 사람으로 만들어 버린 걸까.

네모난 바데 풀 안, 중년 남자가 노란 비치 볼을 끌어안고 둥둥 떠다녔다. 제재 했다가 또 무슨 컴플레인트를 받게 될까. 조금 지쳐서 가만히 바라봤다. 젖은 옷에서 떨어진 물방울이 허벅지를 타고 흘러내렸다. 밑이 간지러웠다.

고등학생 때 처음으로 질염에 걸렸다. 속옷에 샛노란 분비물이 묻고, 긁어도 해소되지 않는 가려움에 미칠 것 같았다. 그땐 교통비를 제외한 용돈을 전혀 받지 못하던 때였다. 병원에 가려면 아빠에게 말해야만 했다. 참고 또 참다가 병원에 갈 돈을 달라고 하자 어디가 아프냐는 질문이 돌아왔다. 말하고 싶지 않다 했더니 난리가 났다.

니 입으로 말 못 하겠으면 아예 같이 가자. 내일 학교 가기 전에 당장.

그리고 아빠는 진짜로 날 따라왔다. 내가 산부인과 앞에 섰을 때부터 아빠는 이미 분노로 붉어진 얼굴이었다.

처녀막 남아 있는 거 확실해요?

진찰실까지 따라온 아빠가 의사를 추궁하며 물어본 질문. 질염은 여성의 감기와 같다고, 통풍이 잘 되지 않는 속옷을 착용하거나 잘못된 방법 혹은 너무 자주 씻어도 걸리고…… 그런 말을 듣고도 나는 1년간 외출 금지를 당했다. 학교가 끝나면 집까지 걸어가는 내내 아빠와 영상통화를 해야 했다. 아빠는 전화만 받아 두고 다른 일을 했지만 나는 화면에서 눈을 떼면 안 됐다. 딴 곳을 보고 있으면 호되게 혼이 났다.

곧 추적 관찰을 위해 병원에 가야 하는 날이 돌아온다. 남자가 난간에 비치 볼을 튀기며 놀기 시작했다. 나는 걸음을 옮겼다. 말할 기분도 아니어서 휘슬을 짧게 불고 손짓했다. 비교적 고요한 공간에 휘슬 소리가 나자, 모두의 시선이 쏠렸다. 남자는 순순히 공을 들고 밖으로 나갔다.

기분이 아주 낮게 가라앉았다. 나는 아무도 없는 바데 풀을 들여다봤다. 아침보다는 확연히 적어졌지만, 여전한 잔해. 뜰채는 바로 옆에 있었다. 너저분하게 널려 있는 조각들을 긁어모아 동그랗게 뭉쳤다. 배수구를 찾았다. 메인 바데 풀 바닥 구석에 있었다. 나는 난간을 잡고 한 손을 쭉 뻗어 폭죽 잔해를 밀어 넣었다.

안으로, 더 깊은 안으로.

*

누나, 기다릴게. 로커 앞에서 봐.

파도 풀 뒤 복도에서 마주친 재상이 스쳐 지나가며 말했다. 오늘은 재상이 나보다 퇴근이 빨랐다. 나는 고개를 끄덕이며 마구간 쪽문을 열고 유수 풀 난간 뒤로 들어갔다. 중간 구역 흡입기 설치가 내 몫이었다. 무거운 본체를 먼저 옮겼다. 멈춰 버린 페가수스 근처였다. 마감 쯤 물을 빼기 시작한 페가수스 라인은 바닥이 거의 드러난 상태였다. 호스도 끌고 와 본체 옆에 세웠다. 틈새에 끼워 둔 고무줄을 빼고, 그 끝을 수면 위로 던졌다.

  우선 난간에 걸터앉은 후 조심스럽게 안으로 뛰어들었다. 호스 끝에 물을 먹이고 발로 밟았다. 3미터 호스에 모두 물을 먹여야 했다. 부르륵 소리와 함께 천천히 들어가기 시작했다. 내 몸과 수직이 되도록 주의하며 호스를 수면 아래로 집어넣는 동안, 나는 페가수스를 바라봤다. 앞다리는 낮부터 일부분 해체되어 있었다. 테크 팀이 계속 뭔가를 시도하긴 했는데, 오늘 내내 다시 작동시키지 못한 걸 보니 뒷다리에 문제가 있는 듯했다. 이끼 같은 물때가 잔뜩 낀 하얀 다리. 도약을 준비하며 들어 올리는 앞다리는 우리가 가끔 솔질을 했지만, 그러고 보니 뒷다리는 한 번도 한 적 없었다. 물 밖에서 보는 것조차 처음이었다.

  꾸르륵거리는 소리와 함께 페가수스 라인의 물이 모두 빠졌다. 테크 팀이 들어와 뒷다리를 해체하기 시작했다. 나는 호스를 쥔 채 가까이 다가갔다. 페가수스의 종아리 안 공간이 온통 검었다. 테크 팀이 웅성거렸다. 고개를 쭉 빼고 그들 사이를 살폈다.

이거 때문이었네. 어우, 냄새.

한 사람이 볼펜으로 종아리를 쑤셨다. 흐물텅거리는 머리카락 뭉치가 줄줄이 끌려 나왔다. 나는 조금씩 더 가까이 다가갔다. 뒤에서 원통이 돌아가며 가장 밑에 깔려 있던 호스의 또 다른 끝이 튕겨져 나오는 소리가 들렸다.

오늘도 섹스를 거절해야겠다. 흡입기 설치를 끝내고 난간을 타고 오르면서 결심했다. 로커 룸 앞에 선 재상을 마주했을 때도 한 번 더 다짐했다. 우리는 직원 게이트를 통해 중정으로 향했다. 샤워를 하고 나온 탓에 벌써 9시가 다 됐다. 중정은 불꽃놀이를 보기 위해 몰려든 인파로 이미 잔뜩이었다. 그 속에 섞여 들자 재상이 손을 잡아 왔다. 웃는 얼굴이었다. 재상이 뭐라 말했지만 잘 들리지 않았다. 주변이 소란스러웠다. 나는 되묻는 대신 재상의 뒷목을 감싸고 끌어당겼다.

네가 너무 세게 해서 자궁경부가 헐었어.

그래서?

섹스 못 한다고.

그렇게 말하며 재상을 놓아주었다. 재상이 또 무어라 말했는데, 들리지 않았다. 나는 그냥 고개를 끄덕였다.

9시 10분이 되기를 기다리는 동안, 인파는 점점 더 몰려들었다. 그사이에 우리는 어느새 조금 떨어져 있었다. 재상은 두 손으로 휴대폰을 만지작거리느라 여념이 없었다. 다른 누군가에게 연락을 하고 있는 걸까. 낮의 그 손님? 나는 조금 상처를 받은 것 같았고 그래서 불쾌했는데 티를 내진 않았다. 다만 가만히 바라보았다.

머리 위에서 폭음과 함께 불꽃이 터졌다. 고개를 들어올렸다. 커다란 원형 불꽃. 어두웠던 시야가 한순간 밝아졌다. 인파가 웅성거리며 조금씩 앞으로 움직였다. 재상을 놓칠 것 같았다. 잡을까, 하다가 그냥 흐름에 몸을 맡기며 하늘을 올려다봤다. 나는 불꽃이 아닌 다른 것을 찾았다. 눈에 뭐가 튀었다. 먼지라기엔 크고 딱딱한 것. 파편이었다.

 게임에 7만 원을 충전해 마련한 파랑지빠귀 의체. 청색 접선 부채처럼 생긴 날개가 일으키는 바람에 머리가 휘날렸다. 날개가 붙은 바깥쪽은 선명한 푸른색이고 안쪽은 물이 빠지는 것처럼 하늘색에서 흰색으로 옅어졌다. 사시사철 그림자가 드리운 네메시온 안에서도 윤기가 흐르는 도자기 재질이었지만, 밝은 하늘로 올라갈수록 새틴처럼 반짝였다.

 네메시온의 국경을 넘어서면 밖은 광활한 사막이었다. 동물처럼 생긴 인간과 인간처럼 생긴 로봇의 전쟁터. 이제 로봇은 인간과 육안으로 구분되지 않았다. 동물의 신체를 본

딴 의체로 신체를 변형시킨 인간만 사막에 나올 수 있는 이유였다. 두 팔을 휘두르자 천천히 몸이 떠올랐다. 나는 유턴하듯 날갯짓하며 뒤로 돌았다. 치산은 국경 벽에서 뛰어내리는 중이었다. 13미터 높이였지만 치타 의체로 갈아 끼운 다리는 제자리 점프를 한 것처럼 가뿐히 내려앉았다.

치산이 나를 보며 앞쪽을 가리킨 뒤 뛰기 시작했다. 국경 근처 로봇들은 무찔러 봤자 50코인도 얻기 힘들었다. 치산은 300코인 이상을 획득할 수 있는, 자신과 키가 비슷하거나 더 큰 로봇만 상대한다고 했다. 나는 날개를 펄럭이며 뒤를 쫓았다.

사구를 두 개 넘고 나서야 치산이 찾던 로봇을 발견했다. 중간보스급의 남성형 기계 필립이었다. 키 190센티미터, 군인처럼 짧게 깎은 머리의 험상궂은 얼굴이 스무 대 정도 모여 있었다. 속도를 줄이지 않고 그대로 달려간 치산이 가장 앞선 필립의 머리통을 타격했다. 필립은 그대로 두 동강 났다. 치산은 멈추지 않고 실버백 고릴라 의체로 교체한 팔을 마구 휘두르며 뛰어다녔다. 필립들이 죽어 나갈 때마다 홀로그램으로 된 코인이 분수처럼 뿜어져 나왔다.

와, 이거 진짜⋯⋯ 전이랑 타격감이 아예 달라.

치산이 말했다. 나는 중심을 잡기 위해 노력 중이었다. 두 팔의 타이밍이 조금만 어긋나도 추락할 듯 몸이 휘청거렸다. 공격을 위해선 한자리에 가만히 서거나 잠시 멈춰 서는 순간이 꼭 필요한데 그럴 수가 없었다. 치산의 말대로 진짜 좀 달랐다. 쉽게 위로 도약할 수 있지만 제대로 헤엄치지 못하면 금세 가라앉는 깊은 물에 빠진 느낌이었다.

펜타랜드가 야심차게 재개장한 '토벌전'의 핵심이 바로 여기에 있었다. 중력 조절 장치. 기존 토벌전은 여타 다른 VR 체험과 다를 바 없었다. 바닥에 발을 붙인 채 두 손으로 컨트롤러를 휘적거리는 게 다였다. 그러나 중력 조절 장치를 도입하면서 훨씬 실제 같은 감각의 체험이 가능해졌다. 체험실에 입장한 고객은 자신이 선택한 의체 특성에 맞추어 중력을 조절할 수 있었다. 컨트롤러도 헤드셋이 아닌 아대와 보안경 형태로 보다 간소화하여 움직임의 제한을 최소화했다.

나 힐 좀!

치산의 체력이 간당간당했다. 필립은 아직 일곱 대 정도 남아 있었다. 나는 결국 땅으로 내려갔다. 사실 처박혔다는 표현이 더 정확했다. 온몸이 모래 속에 무너져 내렸다. 나는 전선이 드러난 필립의 잘린 머리통을 짚고 벌떡 일어나 앉아 치산을 향해 왼쪽 날개를 휘둘렀다. 지빠귀의 구애. 노란 꽃잎을 입에 문 파랑지빠귀 무리가 날개 끝에서 뻗어 나가 치산을 감쌌다.

파랑지빠귀는 비싼 값을 했다. 순식간에 체력을 모두 회복시키고 보호막을 형성했다. 공격력을 증가시키는 효과까지 있었다. 더 강해진 실버백 고릴라의 팔이 나머지 필립들을 무자비하게 부쉈다. 대가리가 떨어진 목에서, 동강 난 허리에서 코인이 뿜어져 나왔다.

괜찮아?

아…… 나 토할 것 같은데.

속이 울렁거렸다. 이전에 기존 VR 체험을 했을 때보다 더 어지럽고 메스꺼웠다. 치산은 손목을 두드려 나타난 홀로그램 화면으로 시간을 확인했다. 내가 미리 결제한 두 시간은 아직 한참 남아 있었다. 나는 함께 종료한 뒤 밖으로 나가 다른 데이트를 물색하길 기대했다. 하지만 치산은 인벤토리에서 1,000코인을 꺼내 내밀었다. 자신은 끝까지 마치고 갈 테니 먼저 기숙사로 돌아가라는 말과 함께. 그러고는 뒤도 돌아보지 않고 다시 사막을 달려 나갔다.

손에 남은 코인을 내려다봤다. 의체 뽑기 열 번 정도 할 수 있는 금액이었다. 현실의 돈으로 환산하면 만 원쯤 될까. 내가 오늘 결제한 토벌전 두 시간 값의 10퍼센트도 안 됐다. 2인 무료 체험권이 생겼다는 말로 치산을 꼬드겼지만, 당연히 그딴 건 없었다. 돈이 아까웠고, 치산과 함께 데이트하기 위해 들인 노력도 아까웠지만 눈앞이 핑글핑글 돌아서 결국 종료 버튼을 눌렀다.

재접속이 불가하며 환불 역시 되지 않는다는 경고문이 떴다. 한 번 더 종료를 클릭하자 사막의 모래가 사라지고 검은 트레드밀이 나타났다. 바로 옆에서 치산이 쿵쾅거리며 빠르게 달리는 중이었다. 트레드밀에 올라온 이상 아무리 뛰어도 그 자리를 벗어나지 못한다는 것은 알지만, 그래도 밟힐 것 같아 누운 채 몸을 굴려 빠져나갔다. 직원이 문을 열고 들어왔다. 남색 점프슈트 유니폼에 달린 아이템이 하나도 없었다. 오늘 들어온다던 신입인 것 같았다. 당연히 처음 보는 얼굴인데, 왠지 낯이 익었다. 탈라세나반도에서 부서 이동을 한 사람이 있다고 들었다. 어쩌면 그 사람일지도 몰랐다.

저 주세요.

컨트롤러와 헤드셋을 넘기면서 신입을 빤히 바라보았다.

짧은 투 블록 머리에 화장기 없는 얼굴, 남자인 줄 알았는데 목소리를 들으니 여자였다. 그러고 보니 반팔 유니폼 아래로 드러난 손목이 남자라기엔 얇고 어깨가 좁았다.

  대기실은 이미 만석이었다. 체험실 실황 중계 모니터를 보고 있는 보호자들과 기대에 찬 목소리로 순서를 기다리는 손님들로 가득했다. 가만히 서 있는데도 땅이 흔들리는 것처럼 어지러웠지만, 자리가 없었다. 당장 기숙사로 돌아가 침대에 눕고 싶었다. 그래야만 토기가 가라앉을 것 같았다. 그럼에도 나는 구석에 등을 기대고 바닥에 앉았다. 치산을 기다릴 생각이었다.

  3번 방 체험 시간이 끝났는지, 손님이 기기를 벗고 모니터 화면 밖으로 나갔다. 아까 그 신입이 열린 문으로 들어서는 걸 지켜보는데, 펜타랜드 홍보 영상으로 화면이 전환되었다. 2주 전, 토벌전 재개장을 알리며 진행된 드론 쇼 녹화본이었다.

  중정에서 15일간 이어진 불꽃놀이 이벤트 마지막 날이었다. 치산과 나도 그곳에 있었다. 이전부터 함께 가자 권유했지만, 매번 다른 이유로 거절당한 동행이었다. 너무 더워서,

불꽃놀이를 좋아하지 않아서, 사람이 많아서……. 거짓말일 거라 생각했지만, 정말이라고 믿고 싶기도 했다.

나는 매일 강박적으로 인스타그램을 확인했다. 치산의 계정은 이미 업로드 알림을 해 놓았지만, 가끔 올리지 않는 경우도 꽤 많았다. 애초에 치산은 업로드 주기가 잦지 않았다. 지난 2주 동안 여느 때와 같이 치산의 계정에는 아무것도 올라오지 않았다. 그래도 혹시나 다른 동료들이 올리는 게시글이나 스토리에 태그되어 있을 수도 있으니까. 나는 불꽃놀이 영상이나 사진이 올라올 때마다 일일이 클릭해 보았다. 좋아요가 눌릴까 봐 조심하면서 꾸욱. 한 번도 없었다. 가끔 지나가며 엿듣는 대화들에서도 치산이 중정에 갔다는 소식은 들리지 않았다.

그래서 더 함께 가고 싶었다. 그러던 중 펜타랜드 홈페이지에 공지가 떴다. 마지막 불꽃놀이가 끝난 뒤 중요한 발표가 예정되어 있다는 내용이었다. 썬더볼트 사망 사고 이후 리모델링에 들어갔던 토벌전이 재개장될 거라는 소문이 파다했다. 마침 그날은 치산과 내 근무시간도 겹쳤다. 나는 공지를 언급하며 함께 가자고 또 시도했다. 그제야 치산이 수락했다.

치산은 펜타월드 시리즈 중 하나인 모바일게임「펜타월드 : 네메시온 혁명」의 팬이었다. 기존 콘솔게임에서 다뤄지지 않았던 네메시온의 미래를 다뤘다. 캐릭터 다섯을 조합해 단계별로 전투에 승리하면 스토리를 볼 수 있었다. 치산과 공통 대화 주제를 만들기 위해 나도 게임을 시작했지만, 어린 시절 친구들과 어울리기 위해 몇 번 해 본 테일즈러너나 크레이지 아케이드 정도가 경험의 전부였던 나는 쉽게 진도를 나가지 못했다. 전투 타이밍 따위는 당연히 알지 못했다.「펜타월드 : 네메시온 혁명」네이버 공식 카페에 가입해 사람들이 하라는 대로 캐릭터 덱을 조합하고, 타이밍을 맞추기 위해 연습을 하고 또 해도 턱도 없었다. 그래도 계속했다. 매일 운동만 하던 고등학교 시절이 떠올랐다. 그 끝이었던 드래프트 지명 탈락도. 그러나 이번에는 다를 것이다. 그땐…… 원래 하던 일이니 아무 목적 없이 그저 관성적으로 지속했을 뿐이다. 지금은 분명한 목표가 있었다. 잊은 줄 알았던 승부욕이 절절 끓었다.

 나는 의체를 비롯해 온갖 유료 아이템을 샀다. 훨씬 쉬운 길이었다. 부족한 실력을 무마하기 위한 위장이 꽤 잘 먹혔다. 타이밍 따위를 치밀하게 계산하지 않아도 쉽게 전투에서 승리할 수 있었다. 레벨도 빠른 속도로 올랐다. 첫 번째 목표는 치산과 같은 길드에 가입하는 거였다. 전투 상위 클래스만 모여 있는 곳. 길드 순위에서 스크롤을 조금만 내리면 바로 보이는 위치였다. 길드 초대를 해 달라는 요청에 곤란한 표정을 짓던 치산에게 내 캐릭터를 보여 주었다. 가입은 어렵지 않았다.

불꽃놀이를 보러 가기로 한 날, 나는 퇴근할 때까지 경계를 늦추지 않았다. 퇴근 후 시간을 상상하면 행복했지만, 만약 누군가 동행이라도 하게 된다면……. 빼앗기기 싫었다. 누구에게도 입을 열지 않았고 그건 치산도 마찬가지인 듯 중정으로 향하는 직원 통로에는 치산과 나뿐이었다. 그래도 긴장을 늦출 수는 없었다. 따로 온 동료들이 우리를 발견하고 합류할 수도 있으니까. 중정에 도착한 뒤에도 주변을 둘러보며 아는 얼굴을 솎아 냈다. 탈라세나반도 워터 파크 쪽에서 나오는 남녀 한 쌍이 보였다. 그들을 제외하곤 다행히 모두 모르는 얼굴이었다. 그제야 안심이 됐다.

중정에 도착했을 때 치산은 게임을 켰다. 슬쩍 화면을 훔쳐보니 길드원들과 채팅을 나누고 있었다. 나를 봐 달라고, 어떤 주제이든 좋으니 제발 대화를 하자고 지겹게 구는 대신 나도 게임을 켰다. 그리고 길드 채팅에 접속했다. 여기서 일해서 번 돈의 과반수를 투자해 만들어, 온갖 유료 아이템으로 도배된 내 캐릭터가 길드 테이블에 착석했다. 기본 의복에 치타 다리 의체와 실버백 고릴라 팔 의체만을 착용한 치산의 캐릭터 옆자리였다.

[넥슬라이스: 백퍼 지엠임 ㅋㅋ 맨날 ㅈ/ㄴ 의미심장하게 등장하는데 풀리는게 없엇잔아]
[egd34235: ㄹㅇ 이제 때가 됨]

채팅창을 위로 올려 빠른 속도로 읽었다. 그날 저녁 공개된다는 새로운 에피소드에 대한 이야기들이었다. 지엠은 사이버펑크 도시 네메시온을 지배하는 군수 기업이었다. 본사는 네메시온 정중앙에 있었다. 그곳을 기준으로 거미줄처럼 뻗어 나간 방탄 구조물이 하늘을 덮어 땅에서는 하늘을 볼 수 없었다. 사시사철 언제나 어두웠고 거리를 밝히는 건 고작 홀로그램 팝업으로 뜨는 길거리 광고나 건물마다 잔뜩 달린 간판에서 뿜어져 나오는 네온사인뿐이었다. 그러나 지엠 본사는 달랐다. 방탄 구조물 위로 우뚝 솟은 유일한 건물이기 때문이었다. 낮부터 노을이 저무는 시간까지 지엠의 건물은 유일하게 황금빛으로 빛났다.

　나는 휴대폰에 시선을 고정한 채 치산에게 너는 어떻게 생각하냐고 말을 걸었다.

　지엠이 로봇 분야로 사업 확장할 때쯤에 전쟁 일어났잖아? 뭐가 있긴 있겠지.

　치산이 말했다. 나는 고개를 끄덕이면서 게임 설정을 복기했다. 14개의 스토리전 내용들. 인간의 통제를 벗어난 로봇들이 반란을 일으켰다. 그들의 목적은 인간을 모조리 죽이는 것. 로봇들은 협상도, 타협도 없었다. 결국 할 수 있는 일은 서로 죽고 죽이는 전쟁뿐이었다. 그런 일은 언제나 누군가에게 도약의 기회가 된다. 지엠이 그 기회를 잡았다. 동물에게서 모티브를 얻어 육안으로도 바로 구분할 수 있는 형태의 의체를 제작했다. 성능도 월등히 좋았다. 지엠은 의체에서 시작해 각종 군수 물품을 국가에 독점 납품하기 시작하며 몸집을 불렸다. 전쟁은 여전히 계속되고 있었다. 플레이어의 최종 목적은 로봇의 본거지를 밝혀내는 것이다.

　흑막일 듯?

　모든 단계의 스토리전에서 항상 지엠의 이야기가 나왔다.

오히려 지엠이 흑막이 아닌 게 놀라울 것이다. 나는 그렇게 생각하면서도 깜짝 놀란 척을 했다. 치산이 신난 얼굴을 한 채 나를 바라보고 있었다.

  9시 10분이 가까워지고 있었고, 인파는 계속해서 몰려들었다. 휘청거리는 척하며 나는 치산의 팔을 붙잡았다. 치산은 제 말에 몰두한 듯 별다른 반응 없이 대화를 이어 갔다. 나는 올라가는 입꼬리를 꾹 눌렀다. 진지한 표정으로 간간이 고개를 끄덕였지만, 사실 내용에는 별 흥미가 생기지 않았다. 공식 팬카페에서 이미 중론이 되어 버린 여론의 반복일 뿐이었다.

  이윽고 불꽃놀이가 시작됐을 때도 우리는 휴대폰에 고개를 박고 있었다. 액정으로 붉고 파란빛이 비쳤지만, 치산은 한 번 하늘을 올려다볼 뿐이었다. 정말로 불꽃놀이에 흥미가 없어 보였다. 나는 흥미가 있었지만, 내 의견 따윈 중요하지 않았다. 치산이 흥미 있는 무언가에 집중해야만 했다. 무엇이든 간에 함께하고 가까이 붙어 있다 보면, 어쩌면, 이런 스킨십 따위는 아무것도 아닌 사이가 될 수 있을 것이다. 치산의 팔을 붙잡고 있던 손에 조금 더 힘을 줘 내 쪽으로 끌어당겼다.

불꽃놀이가 끝나고 소강상태가 되었을 때, 치산이 휴대폰을 돌려주며 내 손을 떨궈 내고 하늘을 올려다보았다. 내가 선을 넘었나. 순간 가슴이 덜컥 내려앉았지만 아무렇지 않은 척 무슨 일이냐 물으려 할 때였다.

　드론 쇼가 시작되었다. 새롭게 단장한 네메시온 토벌전 재개장을 홍보하기 위한 행사. 중정을 빠져나가려던 사람들이 다시 몰려들었다. 그제야 공지 사항이 떠올랐다. 맞다. 이게 목적이었다. 잊고 있었지만. 치산은 어느새 동영상을 촬영하고 있었다. 나는 괜히 크게 감탄했다. 치산의 영상에 내 목소리가 들어가길 바라는 마음으로. 그러다 목이 아파 작게 기침하며 고개를 내렸을 때 비스듬히 옆을 보고 서 있는 여자가 눈에 들어왔다. 직원 통로에서 스쳐 지나갔던 탈라세나반도 커플 중 한 명이었다. 땅을 바라보면서, 눈에 뭐라도 들어갔는지 연신 비비적거렸다. 같이 있던 남자는 어디 갔는지 보이지 않았.

　그날 업로드된 치산의 인스타그램 스토리에 내 목소리는 담겨 있지 않았다. 사실 어떤 소리도 없었다. 전체 음소거. 영상을 눌러 봤지만 내 계정 태그도 없었다. 당연했다. 태그 되었다면 알림이 울렸을 테니까. 무음 모드를 켰다 껐다 하다가, 머리를 부여잡고 기숙사 침대에서 발버둥 치다가, 벌떡 일어나 앉았다. 좋아요를 눌렀다. 디엠도 보냈다.

[재미있었지 ㅋㅋ 다음에 또 놀자!]

업로드되자마자 보낸 건데도 치산은 확인조차 하지 않았다. 답장도 아니고 '좋아요를 눌렀습니다' 알림이 도착한 것은 이튿날이었다.

나는 대기실 벽에 쿵 뒤통수를 갖다 박았다. 그때를 생각하니 잠시 괜찮아졌던 속이 다시 뒤집혔다. 길게 심호흡하며 가방을 뒤졌다. 쿠션을 꺼내 얼굴을 확인했다. 아침에 바른 마스카라의 가루가 광대 위에 몇 개 떨어져 있었다. 입술색도 없었다. 차라리 내가 먼저 나와서, 치산이 이 꼴을 보지 못해서 다행이었다. 면봉으로 살살 긁어 가루를 떼어 내고 쿠션을 덧바르고 틴트를 발랐다. 체리 향이 코끝을 스치고 지나가자 또 속이 뒤집혔다.
몸을 일으켜 대기실 밖으로 걸음을 옮겼다. 메스꺼움을 가라앉히려면 신선한 공기를 마셔야 했다. 또 아까 미처 찍지 못한 토벌전 입구 사진도 찍어야 했다. 치산을 태그해 남들에게 데이트했다는 착각을 주면서도 치산이 불쾌한 기색을 내비치지 않을 만한 사진이라면 이 정도가 적당했다. 치산이 나오길 기다리다가…… 저녁을 먹으러 가자고 해야지.

*

 치산은 피곤하다고 했다. 두 시간 내리 격하게 뛰고 구르고 휘둘렀으니 당연했다. 오늘을 위해 찾아본 식당 리스트는 그렇게 폐기됐다. 치산은 기존과 새로운 토벌전의 차이점들, 미묘한 각도 차이까지도 잡아내어 스킬을 더 정교하게 구사할 수 있는 것 같단 감상을 쏟아 내느라 정신이 없었다. 나는 애써 고개를 끄덕였다. 평소라면 내가 애써야 당연한 시간인데. 내 질문 없이도 치산이 계속해서 이야기하고 있는데. 더 가까워질 수 있는 기회였고 이걸 노렸지만 굳은 표정이 쉽게 풀리지 않았다.
 기숙사로 가기 위해서는 썬더볼트 뒤편을 통해야 했다. 토벌전 건물을 나와 네메시온을 가로질렀다. 화요일이라 사람이 많지 않았다. 시간이 아직 낮이라서 그런 것 같기도 했다. 호텔이 모여 있는 이곳은 늦은 밤 가장 활발해졌다.

해가 떠 있는 오후인데도 하늘을 뒤덮은 방탄 구조물 때문에 어두웠다. 가로등에 붙어 있는 스피커에서 네메시온의 테크토닉 테마 곡이 퍼붓듯 쏟아졌다. 치산은 내가 종료한 뒤의 상황을 설명하기 시작했다. 사막을 달리다 마주치는 전투마다 도움을 베풀었는데, 버스를 탔다며 고마워하는 사람들도 있었지만 자신의 전투에 끼어들었다며 불쾌하게 여기는 사람들도 있었다고 했다. 본인이 잘하면 그만 아냐? 그렇게 말하며 치산이 코웃음 쳤다. 경청하는 척 고개를 끄덕였지만 사실 전혀 듣고 있지 않았다. 오늘 내가 이 두 시간에 쏟아 부은 돈이 얼마인데……. 이 정도는 티를 내도 될 것 같았다. 그렇게 내가 당위를 따지는 동안 치산도 눈치챘는지 대화가 점점 줄어들었다.

의체 공방 앞을 지나치는데 갑자기 시야가 확 밝아졌다. 외벽 위로 내일 저녁 오세아니아 지하에서 열리는 클럽 페스티벌 광고 영상이 떴다.

……내일은 갈 거지?

그럼, 약속했잖아.

이전부터 약속한 외출이었다. 내일을 위해 함께 미리 주문 제작해 둔 아이템도 있었다. 치산이 당연하다는 듯 고개를 끄덕였다. 이래서 나는 항상 갈피를 잡지 못했다. 내 제안을 단호하게 거절하다가도, 어떤 부탁은 당연하다는 듯 들어주었다. 거절을 못 해서 나와 어울리는 건 아니지만, 그렇다고 적극적으로 먼저 나서지도 않았다.

지엠 본사 앞을 지나가면서 나는 고개를 꺾어 위를 올려다봤다. 5층에서부터 뻗어 나온 방탄 구조물로 막혀 있는 하늘. 지금은 그 너머가 보이지 않지만 저녁엔 달랐다. 게임에서는 방탄 구조물이 절대 열리지 않는다는 설정이지만 이곳에선 밤마다 열린다. 지엠 본사 3층 이상이 전부 호텔이기 때문이었다. 네온사인으로 빛나는 야경을 고객들이 감상할 수 있도록 해 줘야 더 돈이 될 테니까. 게임 팬들은 사이버펑크 분위기를 만끽하기 위해 일부러 저층을 예약하기도 한다는데 나는 절대 거절이었다. 펜타랜드 전체가 내다보인다는 8층 이상에 묵고 싶었다. 직원 할인 30퍼센트를 받고 둘이 나눠 낸다면 감당하지 못할 가격도 아니었다. 언젠가 치산과 함께 가고 싶었다.

걸으면서 스치는 손이 닿을 듯 말 듯했다. 확 잡아채고 싶었지만 참았다. 아직 그럴 단계가 아니었다. 스토리를 차근 차근 밟아야만 다음으로 넘어갈 수 있듯 우리 사이에도 아직 남은 단계가 있었다.

 그래서일 것이다. 종종 벽에 가로막힌 느낌이 드는 건. 단계를 모두 밟으면 뛰어넘을 수 있을까.

 기숙사 식당이라도 함께 가고 싶었지만 치산은 신입 환영회 이야기를 꺼냈다. 오후 6시 반에 술집에서 열리는데, 친구들이 이미 그곳에 있다고 했다. 이제 6시가 막 지난 시점이었다. 원래는 딱히 참석할 마음이 없었지만, 치산이 간다면 당연히 가야 했다. 옷만 갈아입고 만나기로 했다.

 방에는 아무도 없었다. 언제나 활짝 열려 있는 화장실을 들여다보자 바닥이 약간 축축했다. 내가 알기론 룸메이트도 오늘 휴무였다. 어디 갔냐고 연락이라도 해 보려 휴대폰을 꺼내는데 장재에게서 연락이 왔다.

 [지빠귀 샀다고? ㅋㅋㅋㅋㅋㅋㅋㅋㅋㅋㅋㅋㅋㅋㅋ]
 [ㅗㅜㅑ]
 [힐러 정착임? 혜지들은 그게 국룰이긴 해 ㅋ]
 [어디임? 저녁 먹으실?]

카카오톡에 접속하자 그동안 안 읽고 씹었던 메시지들이 우르르 떴다. 며칠을 무시했는데 굴하지 않고 또 보내는 끈질김은 감탄할 만했다. 장재는 기다리고 있었는지 내가 읽자마자 계속해서 메시지를 보냈다. 또 피자를 사 달라고 했다. 확 짜증이 치밀었다. 전에 우연히 휴무가 맞아 함께 피자를 먹으러 간 적이 있는데, 더치페이하려는 나를 만류하며 본인이 모두 낸 이후로 계속 피자를 사 달라고 재촉이었다. 먹고 떨어지라는 의미에서 그냥 한번 사 줄까 싶다가도 기숙사 밖까지 함께 걸어가서 피자를 먹고, 다시 기숙사까지 돌아오는 길이 상상만 해도 벌써부터 달갑지 않았다. 그 모습을 남들에게 목격당하는 것도 싫었다. 내가 본인을 뜯어 먹었다는 것처럼 굴면서 나를 구슬리려 하는 것에 넘어가고 싶지도 않았다. 나는 답장하지 않고 옷을 갈아입었다.

밖으로 나가자 기숙사 앞에 토벌전 부서 동료들이 몇몇 모여 있었다. 그들 사이 우뚝 솟아오른 치산의 얼굴이 보였다. 아마 게임 중인 듯 눈과 맞닿게 휴대폰을 가로로 높이 들고 살짝 찡그린 미간. 가까이 다가가자 그제야 옆에 붙은 사람이 보였다. 고개를 위로 쭉 빼고 화면을 훔쳐보며 끊임없이 떠들고 있는 장재였다. 치산은 미동도 없는데 홀로 바빴다. 곧 나를 발견한 장재가 왜 카톡을 씹냐고 요란을 떨며 다가왔다. 나는 대충 손만 흔들고 치산 옆에 붙었다.

환영회가 열리는 곳은 기숙사 인근 술집이었다. 탕 메뉴를 제외하곤 메뉴 하나에 만 원이 넘지 않는 저렴한 곳. 문을 열고 들어가자 토벌전 동료들로 꽉 차 있었다. 재개장 이후 바빠서 하지 못했던 환영회를 한 번에 몰아서 하는 날이라 시간이 되는 사람들이 다 온 듯했다. 오며 가며 얼굴만 익힌 신입들이 안에 이미 앉아 있었다. 늦게 도착한 우리는 따로 자리를 만들어 앉았다. 치산은 익숙하게 상석에 앉았다. 나는 바로 옆자리를 차지했다.

야, 나 피자 언제 사 줄 거야. 저번 휴무 때는 아프다고 토끼고.

장재가 따라붙었다. 딱히 토낀 건 아니었다. 그날은 정말 몸이 좋지 않았다. 몇 번이고 설명했지만 장재는 거짓말로 여기는 듯했다. 이치산이랑 토벌전 갈 돈은 있고 피자 사 줄 돈은 없냐며 비아냥댔다. 장난처럼 위장했지만 그 안에 담긴 적의가 적나라했다. 내가 왜 추궁을 당해야 하지? 그렇게 생각하면서도, 화를 낼 정도는 아닌 것 같아서 그냥 간단하게 답하고 말았다. 내 돈으로 갔다 온 거 아니야.

그러면서 나는 장재를 훑어보았다. 얼룩덜룩한 탈색 머리, 바지 허리춤에서 구겨진 티셔츠 자락. 나는 상석에 앉은 장재를 상상해 보았다. 신나서 떠들겠지만 대부분 집중하지 않을 것이다. 장재의 모든 문제는 거기에 있었다.

나 내일 페스티벌 티켓 있는데, 같이 갈래?

아…… 나 선약이 있어서.

내 맞은편에 앉은, 그러니까 치산의 다른 옆자리를 차지한 여자 동료가 말했다. 내가 눈썹을 치켜올리기도 전에 치산이 거절했다. 나는 이번엔 치산을 훑어보았다. 검은 티셔츠에 진청바지. 크게 멋을 부린 차림새는 아니었지만 큰 키 덕에 태가 났다. 자연스럽게 흘러내린 검은 앞머리를 뒤로 쓸어 올리는 손목에서 애플워치 메탈 스트랩이 반짝였다. 나는 왼발을 들어 치산의 신발을 툭 건드렸다. 치산이 마주 움직였다. 가볍게 내 신발을 두드리는 그 무게가 좋았다.

이번 신입들은 인물이 없냐.

기존 근무 인원들만 모인 테이블이었다. 작은 목소리로 누군가 대화의 물꼬를 텄다. 우리 테이블에 앉은 모두의 시선이 신입들이 모여 앉은 테이블로 돌아갔다. 나도 그쪽을 바라보았다. 그 말대로였다. 눈에 띄는 얼굴이 없었다.

아직 오늘 애들 있잖아. 제발 우리 부서에도 예쁜 애 한 명만.

오늘 들어온 신입들은 바로 OJT를 받느라 아직 퇴근하지 못했다. 장재가 손을 모아 기도하는 척하며 말했다. 치산이 설레설레 고개를 내저었다. 동조하려던 남자들도 그를 눈치 채고 입을 다물었다. 나는 치산에게 시선을 고정한 채 장재를 무시했다. 갑자기 술 냄새가 훅 끼쳤다. 그새 취했는지 붉어진 장재의 얼굴이 불쑥 시야로 들어왔다.

너넨 오늘 봤겠네. 예뻐?

이따 직접 봐.

나는 그렇게 말했고 치산은 어깨만 으쓱했다. 장재는 치산에게 쏟아지듯 몸을 기울인 주제에 시선만 나를 보며 그대로 가만히 있다가, 기어코 오늘 출근자들에게 물어보겠다며 휴대폰을 들었다. 나는 아까 마주쳤던 얼굴을 떠올렸다. 다른 신입은 확인하지 못했지만, 장재의 바람은 이뤄지지 않을 확률이 컸다. 나는 안주보다 먼저 나온 소주병을 따면서 장재의 화면을 훔쳐봤다.

[오늘 신입들 예쁨?]

[브]

  신입이 들어올 때마다 순리처럼 이어지는 검증 시간이었다. 나를 두고도 이런 대화가 이뤄졌을 것이다. 내가 예쁜지, 예쁘지 않은지, 더 나아가 몸매가 좋은지 구린지에 대해서도 낱낱이 파헤쳐졌겠지. 나는 과연 어떤 평가를 받았을까. 이런 이야기가 나올 때마다 궁금했지만, 누구에게도 물을 수는 없었다. 은근한 기대를 품은 내 모습이 우습게 보일 게 당연했다. 게다가 예뻤다는 말이 돌아오든, 그 반대이든 어차피 믿을 수가 없었다. 남자애들이 면전에 대고 솔직하게 답변해 줄 리 없으니까.

  아마 좋은 평은 아니었을 것이다. 장재의 태도 변화를 보면 적어도 처음엔 아니다. 내 OJT 담당이었던 장재는 이틀간 업무 내용과 손님 응대 멘트, 잡다한 청소 루틴을 내게 알려 주었다. 생애 첫 아르바이트였다. 나는 손님을 마주할 때마다 목소리를 덜덜 떨었다. 무조건 웃어야 한다고 교육받았지만 입가가 굳어 올라가지 않았다.

  그 모습을 뒤에서 모두 지켜본 장재는 자신도 처음엔 그랬다며 다음부터 잘하면 된다고 나를 다독였다. 친절했다. 테크토닉 테마 곡이 들릴 때마다, 제 전공은 춤이라며 음악에 맞춰 손을 흔들어 어색한 분위기를 풀어 주었다. 점심시간에는 함께 밥을 먹자며 직원 식당으로 데려가 동료들에게 나를 소개해 주기도 했다.

하지만 대체적으로 무심했다. 나를 소개해 준 뒤, 장재는 동료들과만 이야기했다. 이미 앉아 있던 세 사람은 식탁 두 개를 붙인 6인용 자리에 있었다. 4인용 식탁의 남은 한 자리는 장재가, 나는 그 옆인 끝자락 2인용 테이블에 앉았다. 장재는 식사가 끝날 때까지 내게 등을 보인 채 부산스럽게 떠들었다. 나는 그 뒤에서 가만히 듣기만 했다. 내가 끼어들지 못하는 게 아니라 그들이 의도적으로 나를 배제했다. 전체적으로 금세 들어오고 금방 관두는 사람들이 많은 곳이라, 처음부터 마음에 든 게 아닌 이상 먼저 다가서려는 노력을 하지 않는 곳이었다.

그러니까, 나를 두고 예쁘다는 평가는 아마 나오지 않았을 것이다. 엮이기 싫을 정도는 아니지만 간절하게 엮이고 싶지는 않은 딱 그 정도.

장재의 태도가 달라진 건 얼마 되지 않았다. 길게 기른 머리를 파마하고 화장에 힘을 쏟기 시작한 이후부터다. 치산 때문에 한 일들인데 애꿎은 장재가 걸려들었다. 그래도 나쁜 기분은 아니었다. 단둘이 있는 모습을 자랑하고 싶을 정도는 아니었지만.

뒤늦게 퇴근한 근무자들이 술집에 들어섰다. 서로 얼굴을 익힐 수 있도록 한 번 자리가 뒤섞였지만, 치산은 여전히 상석에 있었고 나도 옆자리를 사수했다. 대각선 맞은편에는 아까 봤던 신입이 앉았다. 남자처럼 머리가 짧은 사람.

누님, 재상 형님이랑 친하시죠?

그랬죠.

탈라세나반도에서 부서 이동을 한 게 맞았다. 재상이라면 건너 건너 몇 번 들어 본 적이 있었다. 드론 쇼를 보러 갔던 그날 직원 통로에서 마주쳤던 커플 중 남자 쪽이었다. 그럼 이 사람이 그때 그 여자인가? 그땐 어깨를 넘어 등까지 내려오는 장발이었다. 안면이 있던 동료들도 그런 말을 했다. 신입은 침착한 얼굴로 웃기만 했다.

근데 누나, 머리 왜 그렇게 짧게 자르신 거예요?

치산이 웃는 얼굴로 물었다. 소란스럽던 주위가 약간 조용해졌다. 자기들끼리 대화를 나누던 동료들도 대화를 멈춘 탓이었다. 아닌 척하면서도 모두의 시선이 한곳으로 몰렸다.

……편해서요. 장발 해 보셨어요? 머리 말리는 데만 한나절이거든요.

신입이 답했다. 우리 테이블로 잠시 정적이 내려앉았다. 신입은 아까와 다를 것 없이 웃고 있었지만, 동료들은 아니었다. 이제 사람들은 대놓고 신입을 관찰하고 있었다. 정말 편해서 잘랐다면, 단발이라는 선택지도 있다. 혹은 귀를 드러내지 않는, 여성들이 많이 하는 숏컷도.

그러나 투 블록이라니. 체대 출신이 많은 워터 파크 쪽은 머리 짧은 여자가 드물게 종종 있긴 했지만 저렇게 남자처럼 머리를 자른 여자는 없었다. 하물며 신입은 운동하는 사람 특유의 분위기가 느껴지지도 않았다. 조금 다른 분위기, 그러니까 예를 들면 극단적인 페미니스트 같은. 그것에 대해 나는 잘 알지 못했지만, 신입이 그쪽이라는 건 분명하게 느낄 수 있었다.

언니 보니까 저도 숏컷 충동 와요! 저도 전에 한 번 해 봤는데 진짜 편하긴 하더라고요.

같은 테이블에 있던 한 여자 동료의 말로 얼어붙은 분위기가 깨졌다. 그제야 사람들은 신입을 관찰하던 시선을 거

두고 다시 저들끼리 대화를 재개했다. 치산도 흥미를 잃은 표정으로 술잔을 들었다.

다시금 첫날 점심시간이 떠올랐다. 장재의 소개 이후 한 번씩 고개를 꾸벅이고, 다시 나를 배제한 채 대화가 이어지던 그 순간. 치산도 그 자리에 있었다. 아침 조회 시간에 처음 보고 제발 저 사람이 내 OJT 담당이기를 간절히 바랐던 치산. 옆에는 우리 부서에서 얼굴로 유명한 여자가 있었다. 장재가 나를 소개할 때 듣는 둥 마는 둥 인사조차 하지 않던 예쁜 얼굴. 두 사람은 귓속말을 하며 키득키득 웃었다. 그들은 뭉쳐 있었고, 내 앞자리에는 아무도 앉지 않았다. 식탁끼리 붙여 갈라진 틈. 그걸 경계로 홀로 격리된 느낌. 내가 그들의 식탁으로 침범하면 잠시 시선이야 주겠지만, 금세 비웃어 버려서 나만 이상한 사람이 될 것 같은.

끼리끼리. 그건 언제나 통한다. 어울리는 사람들을 통해 내 가치를 높일 수도, 진창에 처박을 수도 있다. 그러니까 저 신입과는 어울릴 필요가 없다. 경계할 만한 가치도 없다. 감히 치산을 넘볼 수준이 못 되니까. 그 길었던 머리를 왜 자른 걸까? 그때 그 모습 그대로였다면, 인사 나눌 정도는 됐을 것 같은데. 그러고 보니 재상이란 사람을 요즘 보지 못했다.

차였나. 그렇다고 해서 저런 멍청한 선택을 하다니. 저렇게 남자 같은 머리를 한 여자에게 어떤 남자가 관심을 가질까.

이후 자리가 다시 한번 뒤섞일 때까지 나는 신입에게 시선조차 주지 않았다. 여전히 내 옆을 지키고 있던 장재가 나를 툭툭 쳤다. 한쪽 입꼬리를 올리며 비웃는 표정이었다. 아무도 신입을 믿지 않았다. 그럴 만했다. 그럴 만했지만, 동시에 왜인지 모르게 불쾌했다. 나는 장재를 등지고 앉았다.

그 뒤로는 언제나와 같은 술자리였다. 휴가 한번 맘대로 못 쓰게 하는 주임을 욕하고, 괜히 아르바이트생들 군기나 잡으며 휴게실에서 늘어지게 잠이나 자는 사원을 욕하고, 내일 페스티벌 이야기 잠깐 하다가, 「펜타월드 : 네메시온 혁명」 플레이어들은 모여서 게임 이야기를 했다.

근데 그렇게 큰 반전은 아니지 않아? 방공 천장 재질이 사막 기계들이랑 똑같잖아. 항공 기계들을 막겠다는데 지들 본사는 천장 위까지 쌓아 놨고.

치산이 말했다. 방공 천장 재질은 어디서 확인한 거지. 새로운 에피소드가 풀리고, 퇴근 후 졸린 눈을 비비며 겨우 따라간 스토리 어디에서도 그런 정보는 없었다. 아마 이전 에

피소드 어딘가에서 나왔거나, 공식 팬카페에서 봤을 것이다.

나는 아까 치산이 내게 맡긴 애플워치를 만지작대고 있었다. 그걸 본 장재가 치산에게 또 시계를 바꿨냐며 요란을 떨었다. 한 번만 차 보자며 내 등을 찔러 댔지만 무시했다. 장재는 집요하게 굴었다. 끼어들 틈이 생길 때마다 대화에 난입해 가격을 물어 댔다. 치산은 얼마 안 한다며 부드럽게 말을 돌렸다. 다른 동료들도 말리기 시작했는데 장재는 아랑곳 않았다. 가격이 궁금하면 검색해 보면 되지, 왜 저럴까.

그만하지? 결국 치산이 대놓고 말했다. 아직 웃는 얼굴이었다. 그를 기점으로 남자 동료들이 장재에게 야유를 쏟아 냈다. 바로 옆에 앉은 동료는 조용히 좀 하라며 장재를 장난스럽게 밀치기도 했다. 그 광경을 바라보면서, 나는 다른 생각을 하고 있었다. 내일 페스티벌 참가자들에겐 지엠 본사 호텔 추가 할인쿠폰을 준다는 이야기를 들었다. 내일 기회를 노려 볼 수 있을까?

토벌전 체험권도 개비싸던데. 치산, 너 진짜 돈이 존나 많냐.

갑자기 왜 지랄이지?

장재가 비아냥거렸고 치산이 웃으며 맞받아쳤다. 왁자지껄하던 테이블이 얼어붙었다. 희명이가 이벤트 당첨돼서 둘이 다녀온 거야. 치산이 말했다. 나는 그제야 등을 돌려 장재를 바라봤다. 장재가 나를 노려봤다.

야, 설마 진희명 네가 냈냐?

뭔 개소리야.

내 피자는 언제 사 줄 건데.

그새 술을 많이 마셨는지 불쾌한 얼굴로 장재가 짓씹듯 말했다. 그놈의 피자. 지긋지긋해서 들고 있던 술잔을 탁 내려놓았다. 그러자 장재가 대뜸 소리를 질렀다. 이벤트 따위 본 적이 없는데 무슨 이벤트냐고. 네가 돈 써서 다녀온 거 맞지 않느냐면서. 그 말대로이긴 했지만, 들킬 수는 없었다. 치산이 부담스럽게 여길 수도 있으니까. 너와 함께 시간을 보내고 싶어서 거짓말했다는 것도, 우리 사이가 더 발전한 뒤에나 귀엽게 봐줄 수 있는 애교였다. 지금은 아니다. 나는 찬찬히 숨을 고르며 장재를 빤히 바라봤다. 장재가 펜타랜드의 모든 이벤트를 꿰고 있을 리도 없고, 우기면 그만이었다. 그리고 설령 정말 아예 하나도 없다 할지라도, 무슨 상관인가? 내가 내 돈 내고 다녀온 건데.

그날 어떻게든 더치페이를 했어야 했다. 절대 얻어먹지 말았어야 했는데. 내가 한사코 거절하는데도 자신은 원래

후배들에게 밥을 자주 산다며 마구잡이로 카드를 꽂길래 못 이긴 척 넘어갔다. 그래, 내 실수였다. 나는 휴대폰을 열어 은행 어플에 접속했다. 그날 먹었던 피자가 얼마였는지 정확히 기억이 나질 않아서 반올림해 3만 원을 장재에게 이체했다.

야, 그거 먹고 떨어져.

엎어 둔 장재의 휴대폰을 손짓하며 나는 자리에서 일어났다. 기숙사로 돌아갈 작정이었다. 알 수 없는 표정을 하고 우리를 쳐다보던 치산이 나를 올려다봤다. 데려다 달라고 입을 열려는데, 장재가 버럭 소리를 질렀다.

직박구리 같은 년아.

그러고는 나를 향해 온갖 욕설을 쏟아 냈다. 딱 너 같은 의체 샀다, 이 걸레 같은 년, 얼굴만 밝히는 년……. 그저 큰 소리에 굳어 있던 나는 뒤이어 나온 욕을 듣고서야 비로소 그게 무슨 뜻인지 눈치챘다. 장재의 어깨를 쥐며 말리는 척하는 남자 동료들이 당혹스럽게 제 입가를 억누르는 모습이 눈에 들어온 직후 깨달은 것 같기도 했다. 우리 테이블뿐만 아니라 술집 안 모든 사람들의 시선이 내게로 몰리는 게 느껴졌다. 얼굴이 뜨겁게 달아올랐다.

장재는 거기서 그치지 않고 치산까지 욕했다. 주임이 네 똥꼬 빠는 데 환장하던데 해 주고 얼마 받냐? 그제야 장재의 입이 물리적으로 틀어 막혔다. 남자 동료들이 적극적으로 손을 뻗어 말렸다. 장재는 읍읍 거리면서 난동을 계속했다.

그때였다. 탁. 술잔 내려놓는 소리와 함께 코웃음 치는 소리가 들렸다. 치산이었다. 치산이 장재를 빤히 바라보고 있었다. 돌아간 눈을 하고 몸부림치던 장재는 치산과 눈이 마주치자 서서히 잦아들었다. 그럼에도 장재를 누르는 손들은 떠나지 않았다.

*

하루 쉬고 싶었다. 그동안 쌓인 월차가 몇 개 있었지만 마음대로 쓸 수 있는 게 아니었다. 주임에게 연락해 볼까 하다가 안 될 게 뻔해서 그만두었다. 며칠 전에 미리 말해도 온갖 핀잔을 다 듣는데, 당일 휴가를 내줄 리가 없었다. 결국 출근했다. 치산도 장재도 휴무일이라는 게 그나마 위안이 됐다.

점심시간이었다. 혼자 직원 식당으로 향했다. 메뉴는 김

밥볶음밥, 단무지, 떡꼬치, 어묵국이었다. 다이어트 중이기도 했고 입맛도 없어서 매일 기본으로 나오는 샐러드만 퍼 왔다. 뒤이어 식당에 들어온 동료들이 괜찮냐고 안부를 물으며 내 주위를 빙 둘러싸 앉았다. 나는 말없이 고개만 대충 끄덕였다. 양상추를 씹는 동안 그들이 내 눈치를 보는 게 느껴졌지만 신경 쓸 겨를이 없었다. 피곤했다.

오늘 끝나고 술 한잔하자던데.

바로 옆에 앉은 동료가 입을 열었다. 나에게 말한 건지도 모르고 있다가 조용해진 분위기를 뒤늦게 깨닫고 고개를 들었다. 어제 장재가 많이 취해서 실수했다며, 내게 사과하고 싶다고 했다. 그걸 왜 내게 직접 말하지 않고 너희가 전하냐 묻자 그들은 어깨를 으쓱였다. 거기까지는 잘 모르겠다고 했다. 정말 사과하고 싶은 마음이 있었으면 직접 연락을 하면 되는 일이었다. 나는 잠잠했던 내 휴대폰을 떠올리며 거절했다.

어제도 술 먹고 그 난리를 쳤으면서 또 술을 먹자니. 대충 사과의 말 몇 마디 주워섬기다가 내가 받아 줘야만 하는 분위기로 몰고 가는 풍경이 벌써부터 뻔했다. 침묵이 이어지자 다른 동료들이 나서서 장재를 욕했다. 전에 한번은 술 먹고 난동을 부려서 경찰이 온 적도 있다고 했다. 그런 놈이랑 또 술을 마시라고? 어이가 없어서 그렇게 묻자 치산의 룸메이트가 말했다.

사실 치산이 만든 자리야.

오늘 출근 전에 산발을 한 장재가 치산을 찾아왔었다고 했다. 휴무일인데 늦잠을 방해받은 치산은 무표정하게 그런 장재를 내려다보다가, 일의 순서가 있지 않겠냐고 대답했다. 그래도 장재가 가지 않자 잠시 말없이 서 있다가, 제 눈앞에서 희명에게 먼저 사과하면 생각해 보겠다는 말을 끝으로 문을 닫아 장재를 쫓아냈다고 했다.

그 큰 덩치로 문 쾅 내려치는데 어휴, 복도가 다 울렸어.

대신 물어봐 달라고 부탁받았다며, 치산의 룸메이트가 보챘다. 나는 입에 넣은 적양배추가 죽이 되도록 천천히 씹다가 자리에서 일어났다. 갈 거야? 떠나는 내 등 뒤로 그런 말들이 메아리쳤지만 나는 뒤돌아보지 않았다.

장재는 왜 내가 아니라 치산에게 먼저 찾아갔을까. 쌍욕을 들은 사람은 난데. 답장하지 않고, 아예 읽지 않아도 평소에는 내게 꾸준히 연락했으면서 왜 이번에는 치산에게 찾아갔을까. 입안에 남은 샐러드 조각들 때문에 혀가 껄끄러웠다.

1번 방 청소를 시작했다. 이전 고객이 땀을 많이 흘렸는지 VR 기계의 끈들이 다 축축했다. 젖어도 빨리 마르는 기능성 재질이었지만 그래도 찝찝했다. 어제 내가 꼈던 보안경도 이렇게 푹 젖은 적이 있었겠지. 기계와 분리한 끈을 적외선 소독기에 집어넣고 보안경을 알코올 솜으로 닦았다. 과하게 건드렸다간 고장 날까 봐 얼굴이 닿는 면적만 대충 훔쳤다. 새로운 끈을 끼우고 제자리에 올려 둔 뒤 트레드밀 설정을 초기화하고 밖으로 나왔다.

복도 끝 휴게실에서 상체만 내민 직원이 나를 향해 손짓했다. 몇 주 전 주문한 아이템이 도착했다는 소식이었다. 박스 두 개가 휴게실 의자 위에 놓여 있었다. 한쪽은 새로 들어온 신입들에게 지급되는 아이템이었다. 게임「네메시온」시작 시 모두에게 제공되는 기초 의체들. 그마저도 펜타랜드 기념품 숍에선 유료로 판매되지만, 직원들에게는 홍보를 위해 무료로 지급됐다.

다른 박스에는 기존 근무자들이 주문 제작한 의체들이 담겨 있었다. 내 아이템이 가장 위에 있었다. 양팔을 전체적으로 다 커버하고 진짜 날개처럼 등 뒤까지 연결되는 신상 파랑지빠귀 모델. 다만 날개깃 끝을 은색으로 커스텀했다. 치산의 실버백 고릴라 의체와 맞추기 위해서였다.

VR에서는 새의 날개 비율처럼 내 몸을 띄울 수 있을 정도로 커다랗고, 마치 새틴처럼 빛났는데, 활동성을 고려해 작아진 아이템은 일견 조잡해 보였다. 형광등 빛을 반사하며 반짝였는데, 몇 번 부딪히면 벗겨질 것 같은 얄팍한 도금에서 나오는 광이었다. 고작 이런 거에 그 돈을 썼다니. 클럽 페스티벌 기간을 고려해 2주 전부터 주문 제작했다. 직원 할인을 받았지만 통 의체이다 보니 결코 저렴하지 않았다. 통장 잔고와 다음 월급날까지 남은 날을 헤아리자 한숨이 나왔다.

치산의 의체는 가장 아래에 깔려 있었다. 고릴라 팔이라 두껍고 울퉁불퉁해 무거웠다. 차라리 치산이 옆에 있었다면. 그럼 나란히 은색으로 빛나는 의체를 보며 투자할 만한 가치가 충분했다고 여겼을 텐데. 그리고 오늘 밤 커플처럼 보일 우리 모습을 상상하며 기뻤을 것이다. 그러나 지금은 어제 들은 그 말만 계속 떠올랐다. 그런 말을 듣고도 저걸 차고 다닌다며 다들 수군거릴지도 몰랐다. 품에 안아 챙기고 싶지도 않았지만 주문 제작이라 환불도 못 했다.

치산과 내 의체를 꺼내 휴게실 구석에 놓고 근무지로 복귀했다. 내가 담당하는 방이 손님으로 꽉 차 있어 잠시 여유가 있었다. 나는 대기실을 등지고 벽에 기대서서 휴대폰을 꺼냈다. 어쨌든 치산에게 의체가 도착했다고 알려 줄 심산이었다.

[오늘 가서 이야기 들어보자 또 이상한 소리 하면 내가 커버 쳐줄게]

인스타그램 알림이 떠 있었다. 치산에게서 온 디엠이었다. 내용을 인식하기도 전에 먼저 든 생각은 이게 처음으로 온 선디엠이라는 사실이었다. 어제 그 일이 치산에게도 큰 충격이었던 걸까. 하필 다른 사람이 아니라 나라서 어쩌면 다행일지도 몰랐다. 치산이 다른 여자에게 이렇게까지 신경 써 준다는 상상만 해도 마음이 조급해졌다.

[끝나고 같이 페스티벌 가야지]

마지막으로 온 디엠 내용이었다. 장재에게서 딱히 사과를 받고 싶은 건 아니었다. 그냥 다시는 마주하고 싶지 않았다. 그럼에도, 나는 순서를 생각했다. 이 일을 먼저 끝내야 치산과 페스티벌에 갈 수 있다. 그걸 생각하면 참을 만했다. 나는 알겠다고 답장을 보냈다.

*

 약속 장소는 오세아니아 호수 지하였다. 장재가 산다고 했다는데, 또 피자 꼴이 날까 봐 망설이자 치산은 신경 쓰지 말라고 했다. 그러면서 맞춤 제작한 우리의 의체가 들어 있는 쇼핑백을 대신 들어 주었다. 제 실버백 의체를 확인하던 치산이 앞서 나가다가, 갑자기 나를 돌아보며 걸음을 늦췄다. 이전에는 없던 일들이다. 짐을 들어 주는 것도, 내 보폭에 맞추는 것도.

 지하로 들어가는 입구에선 물비린내가 났다. 미간을 찌푸리며 아래로 내려가자 즐비한 술집들이 보였다. 이른 저녁이라 한산했다. 조금 후에 페스티벌이 있다는 게 믿기지 않을 정도였다. 치산은 전광판 바로 앞에 있는 가게로 들어갔다. 어제 내가 치산에게 함께 가자고 했던, 얼마 전 새로 오픈한 펍이었다. 전에 알아본 바로는 카스 생맥주 한 잔에 만 3천 원이나 했다. 그걸 장재 혼자 다 낸다고? 과한 처사가 아닌

가. 벌이도 다 똑같은 처지에. 괜히 걸음이 질질 늘어졌다.

어제 못 가서 나도 아쉬웠거든.

그렇게 말하면서 치산이 씩 웃었다. 그제야 비로소 나도 좀 웃을 수 있었다. 그래, 장재 따위 빠르게 사과만 받고 이제 안 보면 그만이다. 나는 굳어 있던 목을 스트레칭하며 치산이 열어 준 문 사이로 들어갔다.

장재는 이미 앉아 있었다. 입구와 가장 멀리 떨어진 구석 자리였다. 그리고 그 옆 테이블에 익숙한 얼굴들이 모여 앉아 있었다. 이쪽을 향해 손을 흔들고 있었다. 이건 전혀 듣지 못했다. 휙 고개를 돌려 치산을 바라봤다. 웃으면서 동료들과 인사하던 치산은, 내가 불안해할까 봐 더 부른 거라며 내 어깨를 도닥였다. 설령 오늘 장재가 또 무슨 짓을 저질러도 옆에 말려 줄 사람이 많은 게 낫지 않겠냐면서. 쟤네한테 이 일은 그냥 도파민 터지는 가십일 뿐일 텐데 굳이 친절하게 먹이를 떠먹여 줄 필요가 있나. 납득되지도 않고 조금 민망해서 나는 인사도 하지 않고 자리로 향했다. 옹기종기 붙어 앉은 옆 테이블과는 달리 장재는 구석에 홀로 앉아 있었다. 옆에서 흘끔거리는 시선이 느껴졌다.

치산이 내 의자를 빼 주었다. 이것도 처음 있는 일이었다.

언젠가 치산과 정말 사귀게 되면, 이런 일은 일상이 되겠지. 그런 상상을 하자 지금 이 상황이 견딜 만했다. 엉거주춤 일어난 장재가 어색하게 인사를 건네는 것 따위는 코웃음 한 번으로 넘어갈 수 있을 정도로. 자연스럽게 내 옆자리에 앉은 치산이 메뉴판을 건네주었다.

뭐 먹을래?

피자만 빼고?

나는 장재에게 시선도 주지 않고 메뉴판과 치산만을 번갈아 바라보며 대답했다. 나는 나가사끼짬뽕을 고르고 치산은 감자튀김과 치킨을 골랐다. 생맥주도 함께였다. 주문은 장재가 했다. 직원이 메뉴판을 회수해 간 뒤 우리 셋만 남았을 때, 장재가 입을 열려 했지만 치산이 막아섰다. 내가 이유였다. 이제 막 퇴근해서 배고플 텐데 어느 정도 먹은 후에 이야기하자고 했다. 장재는 붉게 달아오른 얼굴로 반박도 못 하고 테이블만 노려보았다.

음식이 나오자 치산이 부지런히 내 앞접시에 덜어 주었다. 내가 가만히 있고 치산이 움직이는 상황이 어색했지만 싫지 않았다. 고맙다고 인사하며 포크를 드는데 장재와 눈이 마주쳤다. 맛있게 먹어. 그러면서 애써 웃는다. 벌벌 떨리는 입꼬리를 보자 절로 미간이 찌푸려졌다. 그러니까 장재는 그게 문제였다.

입맛이 없었지만 치산이 얼른 먹으라는 것처럼 나를 바라보고 있어서 몇 번 포크질을 했다. 식사가 끝날 때까지 침묵이 이어졌다. 옆 테이블은 대화를 나누는 것 같긴 했지만 평소와 다르게 소리 죽여 조용히 떠드는 듯했다.

애써 눈을 피하면서도 셋 중 누구보다도 많이 먹고 있던 장재는 내가 포크를 내려놓는지도 몰랐다. 나는 한숨을 내쉬며 팔짱을 꼈다. 나와 눈이 마주친 치산이 손을 뻗어 장재 앞 테이블을 노크했다. 장재가 포크를 뻗고 있던 치킨 박스 옆이었다. 입안 가득한 음식물을 우물거리면서 장재가 퍼뜩 고개를 들었다. 맛있어? 다시 몸을 뒤로 물려 의자에 기대듯 앉은 치산이 웃으며 말했다. 옆 테이블이 하던 대화를 뚝 멈추고 집중하는 게 느껴졌다. 구석진 우리 주위엔 스피커에서 나오는 최신 가요만 맴돌 뿐이었다. 장재는 바쁘게 턱을 움직여 음식물을 삼켰다. 그리고 횡설수설 장황한 이야기를 시작했다.

네가 날 무시하긴 했잖아…….

그러니까 요지는 그거였다. 나는 헛웃음을 내뱉으며 장재를 노려보았다. 당황했는지 장재는 끊임없이 입을 열었다. 본인이 무슨 말을 하는지도 모르고 되는대로 주워섬기는 모양새였다. 그렇게 이어진 이야기도 다 마찬가지인 소리였다. 용서를 구한다기보단, 본인이 잘못을 하긴 했지만 원인은 모두 나 때문이란 불평. 솔직히 뒤 내용은 제대로 듣지도 않았다.

  대신 생각했다. 뭐부터 지적해야 할까. 성희롱인 건 아냐, 내가 신고라도 하면 어쩔래, 네가 나 좋다고 알아서 들이댄 거면서 왜 대가를 바라냐, 찌질이 새끼, 미친 새끼……. 하고 싶은 말이 많아서 갈피를 잡기가 힘들었다. 그럼 해야만 하는 말을 고르자. 그게 뭘까.

  그런 말을 하기 전에, 네 태도부터 돌아봐야 하는 거 아닐까?

  치산이 먼저 나섰다. 장재의 목소리가 뚝 끊겼다. 하고 싶은 대로 하게 내버려두고 나는 계속 고민했다. 그러니까 내가 해야만 하는 말은…… 잘 모르겠다. 다만 울컥하고 목구멍 끝까지 차오른 의문이 하나 있었다. 더 심한 말을 들은 건 난데 왜 내게 먼저 사과하지 않았나.

  그건 순서에 맞지 않는 일이었다.

  틀린 일이었다. 갑자기 점심에 먹은 샐러드 조각이 입안을 굴러다니는 것 같아서 혀로 볼을 쓸었다.

　진심을 보여, 장재야.

　여기서 뭘 더 어떻게…….

　뭐, 사죄의 춤이라도 추든가.

　여기서?

　싫으면 말고.

　헉 하고 놀라는 소리가 곳곳에서 터져 나왔다. 장재의 얼굴이 터질 것처럼 붉어져 있었다. 어느새 가게 안은 만석이었다. 아무리 그래도 그건 좀 과하지 않나. 치산의 옷자락을 잡아당기며 왜 그러냐 속삭였지만 내 손을 도닥이며 웃기만 했다. 그러나 침묵이 길어지면서 웃음기가 사라졌다. 분위기가 싸하게 가라앉았다. 그냥 한번 추고 다 같이 웃고 끝내자! 계속 불편하게 지낼 수도 없잖아. 처음으로 옆 테이블에서 참견이 들어왔다. 치산의 룸메이트였다. 그의 말에 다른 동료들이 동조하듯 박수쳤다.

　결국 장재가 일어났다. 어정쩡하게 골반 옆에 내려 둔 꽉 쥔 주먹이 부들부들 떨렸다. 고민하는 듯했다. 박수가 잦아들 때까지 선택을 내리지 못하고 가만히 서 있었다. 막상 그 꼴을 보니, 전혀 과하지 않았다. 보기 좋았다. 함부로 내 등을 찔러 대고 분별없이 계속해서 연락하던, 나를 쉽게 여기던 놈이 쉽게 여겨지는 그 모습이. 내가 어제 들은 폭언을 생각하면 이보다 더한 걸 당해야만 했다. 하지만 이쯤에서 말려야 할 것이다. 한 명 정도는 그래야 치산이 멈출 타이밍을 제대로 맞출 수 있을 테니까. 나는 치산의 옷자락을 잡아당기며 불편하다고 말했다.

치산이 비식 웃으며 내 의자 등받이에 팔을 걸쳤다. 반팔 티셔츠 아래로 손이 살짝 스쳤다. 애플워치 메탈 스트랩이 내 속옷 끈에 닿았다. 팔은 뜨겁고 스트랩은 차가워서 몸이 움찔 떨렸다. 크고 뜨거운 손이 내 등을 천천히 세 번 토닥였다.

뭐지. 왜 갑자기 다음 단계로 넘어선 걸까. 내가 치산의 팔을 잡거나 옷자락을 끌어당기는 일은 자주 있었지만 치산이 먼저 나를 건드리는 일은 이번이 처음이었다. 어제 있었던 그 일이 우리가 함께 극복해야 할 일종의 위기로 작용한 걸까?

뭘 또 진짜로 하려고 해. 농담이야.

그렇다면 정말 다행이었다.

기숙사에서 미리 챙겨 온 옷으로 갈아입었다. 오늘을 위해 샀던 푸른색 원피스와 흰색 크롭 톱이었다. 출근할 때 입었던 옷을 대충 갈무리하고 대변기 칸을 나왔다. 몇몇 여자들이 파우더 룸 앞에서 화장을 고치는 중이었다. 손을 씻고 남은 거울 앞에 자리를 잡았다.

 근무하며 흘린 땀 때문에 화장이 지워져 얼굴이 얼룩덜룩했다. 우선 앞머리 롤을 말고 파우치를 꺼냈다. 지하 유흥가 구역이라 그런지 화장실이 전체적으로 어두웠다. 거울 위에 전구가 달려 있긴 했지만, 정수리로 내리쬐듯 꽂히는 주황색 빛이었다. 이러면 화장을 하기가 어렵다. 아무리 그래도 안 고치는 것보단 낫겠지. 잠시 옷을 갈아입고 오겠다는 말에 치산은 동료들 테이블에 합석했다. 그러므로 조금 오래 걸려도 괜찮을 것이다. 클렌징티슈를 꺼내 화장을 지웠다.

 처음부터 쌓아 올렸다. 프라이머로 모공을 메운 뒤 파운데이션을 퍼프로 펴 발랐다. 뭉치지 않게 얇게 여러 겹 쌓았다. 피부색과 비슷한 섀도로 눈에 밑바탕을 깔고 그 위에 색조를 입혔다. 진하지 않은 코랄 핑크, 그 위에 펄이 들어간 섀도로 마무리했다. 클럽 조명을 떠올리며 평소보다 과감하게 얹었다. 끝이 내려가게 아이라인을 길게 빼 그렸다. 애콧

살과 T존, 코끝에 하이라이터를 칠하고 살구색 치크를 광대에서부터 눈 밑까지 톡톡 두드렸다. 콧볼과 턱, 헤어라인까지 쉐이딩을 하고 눈썹을 그리고 속눈썹을 붙이고 마스카라를 하고 마지막으로 틴트를 발랐다. 이번에도 평소보다 조금 진하게 했다. 메이크업 픽서로 마무리했다.

아이라인이 생각처럼 뾰족하게 빠지지 않아서 애를 먹었지만 결과는 마음에 들었다. 자연광 아래 나가면 조금 과하게 보일지도 모르지만, 클럽 안은 이 화장실보다 더 어두울 테니까. 쇼핑백에서 파랑지빠귀 의체를 꺼냈다. 낮과 다르게 그다지 싸구려처럼 보이지는 않았다. 밝은 빛 아래가 아니라서 그런 것 같았다. 어쩌면 내 기분이 달라져서일 수도.

의체에 팔을 끼우면서 직전 상황을 떠올렸다. 자리에 앉고 나서도 한동안 말없이 가만히 앉아 있다가, 이빨 사이로 짓씹듯 나온 장재의 사과. 마지못해 한다는 게 물씬 느껴졌지만, 그걸 교정하고 싶은 마음 따윈 없었다. 앞으로 안 보면 그만이었다. 적어도 이제 나를 쉽게 넘보려 들진 않을 테니 그것만으로 충분했다. 내가 말없이 고개를 끄덕이자 장재는 거칠게 계산서를 집어 들고 카운터로 향했다. 치산은 신경도 쓰지 않고 옆 테이블 동료들과 대화를 나눴다. 나만 장재의 뒷모습을 바라보았다. 다시금 입사 첫날 점심시간이 떠올랐다. 그때와 같은 등이지만 이번에는 입장이 달랐다. 내가 한 덩어리로 뭉친 쪽이었다. 내 옆에 앉은 치산 덕분이었다.

양쪽 팔을 다 끼우고 움직여 보았다. 기본 아이템보다 상위 라인인 프리미엄 제품이라 관절이 부드러웠다. 접선부채처럼 접혀 있던 날개깃이 내가 팔을 벌릴 때마다 겨드랑이 밑으로 부드럽게 펼쳐졌다. 청색과 은색의 도열. 몇 걸음 뒤로 물러나 거울에 상반신 전체를 비춰 보았다. 움직일 때마다 푸른색 플레어스커트 자락이 나풀거렸다. 파랑지빠귀에 충실한 차림새였다. 의체도 낮처럼 도금한 플라스틱 티가 나지 않았다. 이제는 토벌전 VR에서 봤던 도자기 재질처럼 보였다.

오늘 페스티벌이 끝나면 다음엔 또 토벌전을 하러 가자고 해야겠다. 어제는 어쩔 수 없이 맨몸으로 했지만 이젠 아이템도 있겠다, 보다 더 실제 같은 체험을 할 수 있을 것이다. 그때는 멀미약을 먹든 어떤 조치든 취해서 끝까지 함께해야지. 치산이 좋아할 것이다.

직박구리 같은 년.

문득 장재의 목소리가 머릿속을 스치고 지나갔다. 무시하면 그만이었다. 누군가 나를 보며 그 말을 떠올린다 하더라도, 내 옆에 치산이 있으니 차마 입 밖으로 꺼내진 못할 것이다. 그런데 동시에 1,000코인을 쥐고 사구에 처박혀 있던 내 모습도 떠올랐다. 세게 팔을 내려 날갯짓을 소리 나게 접어 털어 냈다. 그 두 사건은 아무 상관도 없었다. 치산은 다르다. 그 일은 아무 일도, 아니었다.

5
영웅의 행진

 펜타랜드의 퍼레이드, 영웅의 행진이 시작되었다. 마왕을 물리친 토벌대원들을 치하하는 행사. 게임 속 엔딩을 재현했다. 행렬의 출발지는 네메시온과 탈라세나반도 사이. 우리가 앉아 있는 썬더볼트까지는 얼마나 걸릴까. 앞으로 진전하는 대열을 따라 엔딩 테마곡 「영웅의 행진」 소리가 조금씩 가까워졌다. 그를 따라 인파의 밀도가 높아졌다. 나는 황급히 엄마 손을 낚아챘다.

 넘어지면 안 돼.

 엄마가 알겠다는 듯 맞잡은 손에 꾹 힘을 줬다. 잠시 후

개선문 흰색 아치 사이로 퍼레이드 선두가 모습을 드러냈다. 저 멀리서 어렴풋이 들리던 트럼펫 소리가 눈앞까지 다가왔다. 나는 자꾸 시야가 흐려져서 잠시 하늘을 올려다보았다. 일몰 중이었지만 지는 해 주변만 붉고 구름 한 점 없는 윗부분은 여전히 파랬다. 땅에 있는 개선문과 그 사이를 통과 중인 카키색 마차만이 주황빛으로 물들어 있었다.

안전 요원이 한 걸음 뒤로 물러서라며 양손을 휘휘 저었다. 나는 성큼 뒤로 빠졌는데, 엄마는 요지부동이었다.

……엄마?

우리를 힐끔대는 시선이 느껴졌다. 안전 요원이 크게 한숨을 내쉬며 이쪽으로 다가왔다. 나는 잡고 있던 손을 뒤로 살살 끌어당겼다. 엄마는 천천히 고개를 돌려 나를 바라봤다. 설마, 하는 마음이었는데. 대화를 나누기도 전에, 엄마의 표정을 읽고 나는 그 일이 또 벌어졌음을 깨달았다.

그때도 엄마는 이런 표정이었을까.

*

세 달 전, 엄마는 계단에서 굴러떨어졌다. 식당에 출근하던 길이었다.

 누가 얼음! 한 것처럼 움직일 수가 없더라니까.

 현관을 나서 계단에 한 칸 내려서자마자 발바닥이 땅에 딱 달라붙은 것처럼 도저히 떨어지지가 않았다고 했다. 출근 시간은 계속 다가왔고 엄마는 움직이려 용쓰다가 균형을 잃고 그대로 엎어졌다. 우다다 달려온 누군가가 땡! 을 외치며 등을 밀친 것처럼 떠밀렸다고 했다. 주인집 할머니의 장독대가 있는 층계참까지 데굴데굴.

 고추장이 담긴 장독대 앞에서 엄마는 엎드린 자세로 겨우 멈췄다. 무릎이 가장 먼저 땅에 닿았고 순서대로 손과 어깨, 얼굴까지 무너졌다. 머리만은 지켜야 한다고 생각했지만 버티지 못했다. 그래도 손과 얼굴은 찰과상, 어깨를 비롯한 온몸은 다행히 근육통에 그쳤는데, 문제는 시멘트 바닥에 세게 부닥친 무릎이었다. 양쪽 전방십자인대가 모두 파열됐다. 일어나 보려던 엄마는 그제야 비명을 지르며 옆으로 쓰러졌다. 그 소리에 나온 주인집 할머니가 앰뷸런스를 불렀다. 구급대원이 도착할 때까지 엄마는 찬 바닥에 모로 누워 끙끙 앓아야만 했다.

 그때 나는 대학 동기의 청첩장을 받고 있었다. 신혼여행

지는 파리였다. 동기들이 하나둘 자신의 프랑스 여행담을 꺼내 놓았다. 에펠탑은 언제 봐? 나는 그 질문 하나만 겨우 던지고 조용히 밥을 먹었다. 스테이크가 한 조각 남을 때까지도 화제가 넘어가지 않아서 난도질하듯 잘게 찢으며 계속 먹는 척을 했다.

우리는 여행도 아니고 살아 봤잖아, 4개국이나!

자취방으로 돌아가는 길. 나는 엄마와 나 사이의 오래된 농담을 떠올렸다. 어릴 때 함께 플레이한 「펜타월드 : 구원받은 세계」를 두고 하는 이야기였다. 해외여행이 화두에 오를 때마다 홀로 곱씹고 또 곱씹은 추억들. 개장 당시 함께 방문했던 펜타랜드. 처음으로 발급받은 여권에 함께 붙였던 티켓. 이런 것들을 떠올리면 높은 확률로 괜찮아지곤 했는데, 가끔 아닌 날도 있었다. 그래도 조금만 버티자. 혼잣말을 하며 스스로를 다독였다.

초기 정착 비용만 모으면 직장을 그만두고 워킹홀리데이를 갈 작정이었다. 적금도 들었다. 현재 월급은 세후 192만 원. 월세 55, 공과금 20, 교통비 10, 통신비 5, 식비 30, 영어 학원비 25. 고정 지출만 그 정도였다. 경조사비같이 갑작스러운 지출 대비 비상금까지 제외하면 거의 빈털터리였지만 식비를 줄이고 약속을 최소한으로 줄여서 남는 돈 모두를 적금에 넣었다. 딱 550만 원만 모으면 떠날 생각이었다. 일단은 호주가 목표였다. 사실 나라는 어디든 상관없었다. 나이 제한에 걸리지 않는 곳이면 어디든 괜찮았다. 지금도 조금 무리하면 3박 4일 동남아 여행 정도는 다녀올 수 있었지만 그 정도로는 성에 차지 않았다. 남들이 할 때 나는 못 한 기간만큼 두 배는 보상받고 싶었다. 일주일도 안 되고 한 달도 안 되고 적어도 1년은 한국이 아닌 곳에서 살아 보고 싶었다.

그리고 엄마. 블루베리 농장에 가든 카지노에서 일하든 뭐든지 간에 차곡차곡 돈을 모아 엄마도 해외로 데리고 나가야만 했다. 비행기표를 끊어 주고 좋은 호텔에 묵고 남들이 본다는 관광지는 다 데리고 가고 싶었다. 호주에 간다면 함께 오페라하우스를 가 봐야지. 그런 상상을 하자 겨우 기분이 괜찮아졌다.

충동적으로 엄마에게 전화를 걸었다. 통화가 연결되자마자 나는 앞으로의 계획을 바쁘게 털어놓았다. 평소와는 다르게 어떤 반응도 없다는 사실을 인식할 때쯤 엄마가 말했다. 사고가 있었다고. 다행히 무릎은 수술로 해결 가능했다.

한쪽만 다친 사람들은 수술 후 2주 정도면 목발 짚고 뛰어다니기도 한다는 비교적 간단한 처치였다. 양쪽을 한 번에 다친 엄마는 꼼짝없이 휠체어 신세였지만.

  근처에 사는 동창이 퇴원을 도와주었다. 동창이 엄마를 안아 들고, 굽히지 못하는 다리를 내가 지탱해 함께 계단을 올랐다. 엄마의 집은 단독주택 2층 셋방이었다. 엘리베이터 따윈 없었다. 앞으로 재활치료가 걱정이었다. 이제 더 이상 연차를 쓸 수도 없고, 쓴다 해도 내가 엄마를 업고 병원에 갈 수도 없었다. 엄마 혼자 계단을 내려가는 건 말도 안 됐다. 같이 구르든 엄마 혼자 엎어지든 모두 다 재수술로 가는 지름길뿐이었다. 내 사정을 들은 동창이 방문 재활 서비스를 알려 주었다. 통원 치료와 비용이 세 배 가까이 차이 났지만, 어쩔 수 없었다.

  주에 세 번씩, 열 번을 결제했다. 일주일 후 점심 먹고 회사로 복귀하는데 업체에서 연락이 왔다. 취소 수수료 때문이었다. 엄마가 가격을 묻길래 대충 얼버무렸는데 물리치료사에게 직접 물어본 모양이었다. 바로 엄마에게 전화를 걸었다. 병원에서 재활치료는 꾸준히 받는 게 좋다고 했다, 그렇지 않으면 회복이 더디거나 심할 경우 염증이 생길 수도 있다, 열심히 설득했지만 엄마는 고집을 꺾지 않았다. 어차피 운동인데 그 정도야 혼자 해도 충분하다고 되레 짜증을 냈다. 엄마 맘대로 해. 그 말을 끝으로 나는 전화를 끊어 버렸다. 속이 부글부글 끓었다. 원래 일하던 식당에서 엄마는 이미 잘렸다. 내가 내든 말든, 비싸든 말든 빨리 회복만 할 수 있다면. 그게 오히려 나를 돕는 거였다.

며칠간 냉전이 이어졌다. 나는 일부러 쾅쾅 소리를 내며 집안일을 했고 엄마는 그런 나를 본체만체하며 TV에 연결한 콘솔게임에만 집중했다. 이러다 엄마 무릎이 저대로 굳어 버리는 게 아닐까 싶어 걱정됐지만, 막상 아랑곳 않는 얼굴을 마주하면 같이 오기가 생겼다.

먼저 화해의 손길을 내민 건 엄마였다. 침실 작은 탁상에 저녁 식사를 거칠게 내려놓고 나가려는데, 엄마가 내 옷깃을 잡아끌었다. 이불을 걷고 조심스럽게 요가 매트가 깔린 바닥으로 내려갔다. 그러고는 옆에 있던 기다란 타월을 한쪽 발에 감고 천천히 몸 쪽으로 끌어당겼다.

혼자 할 수 있어. 나 열심히 할게.

…….

너 힘든 거 알아. 아는데, 걸을 수 있을 때까지만 같이 있어 줘.

 나를 올려다보면서 엄마가 말했다. 얕은 둔덕 같은 무릎을 내려다보다가 나는 고개를 끄덕였다. 도망치듯 잠옷을 챙겨 화장실로 들어갔다. 죄책감에 손끝이 저릿저릿했다. 눈물이 나올 것 같아서 머리를 더 빡빡 감았다. 그러면서 앞으로는 절대로 이러지 않겠다고 다짐했는데, 지키지 못했다. 후회할 걸 알면서도 매번 참아지지가 않았.

 사실 출퇴근만 아니면 실제 힘든 일은 있지도 않았다. 할머니를 돌보던 엄마에 비하면 나는 정말 아무것도 안 했다. 엄마는 최소한의 부탁만 했고 그건 얼마든지 들어줄 수 있는 가벼운 것들뿐이었다. 그런데도 매일 가슴이 답답했다. 간병을 시작하면서 영어학원을 관뒀다. 적금도 야금야금 헐렸다. 이러다 서른이 되면 호주는 못 간다. 서른넷까지 받아 주는 나라도 있긴 하지만, 정말 이러다가 그마저도 못 가게 되면……. 과한 생각이란 건 알고 있었다. 무릎 수술은 중병도 아니었다. 앞으로도 조심은 해야겠지만 평생 병원에 다녀야 할 일도 아니었다. 재활은 곧 끝날 것이다. 아는데도, 내가 천천히 침몰하고 있다는 느낌이 사라지질 않았다.

퇴근 후 방 안을 들여다보면 언제나 엄마는 게임을 하고 있었다. 등 뒤에 베개 세 개를 받쳐 상체를 올리고 누워 컨트롤러를 쥐고 있는 자세. 목발을 짚고 걸어 다닐 수 있게 된 뒤로도, 병원에 가야 할 때를 제외하곤 요지부동이었다. 가끔 트럭 운전을 하거나 헌터가 되어 몬스터를 잡고 있을 때도 있었지만 가장 많이 하는 건 펜타월드 신작이었다. 반년 전쯤 출시되자마자 이마트에 가서 샀다며 내게 인증 숏을 보냈던,「펜타월드 : 구원받은 세계」의 프리퀄로 초대 마왕이 등장했던 시기를 다뤘다.

퇴근길에 유난히 땀을 많이 흘린 날이면 옷을 갈아입을 힘도 없어서 나는 엄마 발치에 앉아 펜타월드를 구경했다. 신작은 그래픽이 영화 같았다. 애니메이션 같았던 전작과 느낌이 너무 달라서 불호 후기가 많았다. 나도 전작이 더 취향이었다. 엄마는 어때. 물었지만 돌아오는 답이 없었다. 뒤를 돌아보자 그제야 그냥 하는 거라는 답변이 돌아왔다.

할 게 이것뿐이니까.

갈수록 엄마의 말수가 줄어들었다. 보험사에 내야 하는 서류 처리나 샤워를 해야 할 때처럼 정말 불가피한 상황이 아니면 쉽게 입을 열지 않았다. 나 때문이었다. 내가 엄마를 눈치 보게 하고 있다. 알고는 있는데 마음대로 행동이 조절되지 않았다. 언제나 대답과 함께 한숨이 섞여 나왔고 밀린 집안일을 할 때면 거칠게 움직이게 됐다. 설거지를 하다가 그릇을 내려놓는 소리에 스스로 움찔할 만큼.

  엄마가 홀로 거동을 할 수 있게 된 뒤에도 나는 자취방으로 돌아가지 못했다. 혼자 두기엔 불안했다. 그러면서도 신경질적으로 문을 쾅쾅 닫고 다녔다. 엄마는 추가 검사 결과가 나올 때까지만 함께 있어 달라고 내게 부탁했다. 그때가 되면 네가 싫어도 내가 가라고 하겠다면서 미안하다고도 했다. 도저히 거절할 수 없었다. 나는 결국 3개월을 꼬박 엄마 집에 머물러야만 했다.

  펜타랜드에 가자.

  엄마가 오랜만에 입을 연 건 홀로 병원에 다녀온 지난 금요일이었다. 무릎 수술 이후 의사 권유로 받았던 추가 검사 결과가 나온 날이자 간병의 종지부를 찍기로 약속한 날이기도 했다. 침대 발치에 앉아 있던 나는 펜타랜드를 가자는 소리에 반사적으로 엄마 다리를 바라봤다. 수술 자국 주변이 아직도 조금 붉었다. 이 다리를 하고, 그 사람 많은 곳을? 펜타랜드까지 가고 하루를 보내면서 쓰게 될 시간과 여비를 계산해 봤다. 그 정도 돈이야 있었다. 시간도 있기야 있었다. 없는 건 체력뿐이었다. 주말마저 북적거리는 인간 틈바구니 속에서 온갖 침범을 견뎌 낼 체력. 그걸 날카롭지 않게 설명할 자신이 없어서 나는 그냥 화제를 돌렸다.

병원에서 뭐래?

일단 오늘은 자고 내일 짐을 싸서 일요일 아침에 집에 가야지. 머릿속으로 계획을 세우는데, 정적이 이어졌다. 혹시 무슨 문제가 생겼나? 아직 전처럼 부드럽게 무릎이 굽혀지는 것은 아니었지만, 문제는 없어 보였다. 목발도 벗어났다. 혹시 염증이 생겼나? 재활치료를 제대로 받지 않아서? 아님 검사 결과가 좋지 않았나? 무슨 검사를 받는다 했었는지 떠올리려 했지만 제대로 기억나지 않았다.

몇 번 더 오라네…….

듣자마자 뒤통수가 뻐근해졌다. 눈가가 뜨거워졌다. 나도 모르게 크게 한숨을 뱉었다. 아무거나 잡고 쥐어 패고 싶었는데, 스스로를 가장 패고 싶었다. 이렇게까지 엄마를 두고 가고 싶어 안달이라니. 하지만 약속한 날짜는 오늘이었다……. 모르는 척해 버릴까. 하지만 그럴 수는 없었다. 퍽,

하는 소리가 나서 TV로 시선을 돌렸다. 암모나이트처럼 생긴 몬스터가 긴 촉수로 캐릭터를 후려치고 있었다. 저러다 죽겠다. 내가 말하자 엄마가 일시정지를 눌렀다.

언제까지?

펜타랜드 같이 가면, 그때 말해 줄게.

엄마는 며칠 전 보험비가 들어왔다면서 돈을 줄 테니 티켓 예매만 해 달라고 했다. 나는 질끈 눈을 감았다. 여길 좀 보라는 듯 엄마가 내 등을 톡톡 두드렸다. 뒤를 돌아야 했다. 돌아봐야만 하는 순간이었다. 그런데 도저히 그럴 힘이 나지 않았다. 그냥 아무것도 하기 싫었다. 몸을 일으켜 세탁기를 돌리고 밥을 차리고 다 먹으면 설거지를 하고 빨래를 건조대에 널어야 하고…… 하루의 끝은 성큼성큼 다가오는데 해야만 하는 일이 아직도 잔뜩 쌓여 있었다.

나중에 나 데리고 세계여행 가 준다며. 그거 그냥 이걸로 퉁 치자. 응?

그러고는 또 보험비 이야기를 했다. 내가 대신 내 주었던 검사 비용을 돌려줄 테니 그 돈으로 다시 영어학원에 등록하라고 했다. 그걸 어떻게 퉁쳐. 식당도 잘렸으면서 무슨 돈을 돌려줘. 엄마 생활비나 해. 머릿속에 잔뜩 떠오른 대꾸를

뱉으려고 입을 열었다가 울음이 날 것처럼 목이 아파 그냥 다시 다물었다. 정말 가기 싫었다. 그래도 예매할 수밖에 없었다. 뭐든 반복되면 익숙해진다. 요즘 후회는 익숙한 내 일상이었다. 하지만 이것만은 거절하면 안 될 것 같았다. 언젠가 내가 견디지 못하게 될 순간으로 남을 거란 예감 때문이었다.

*

지선은 수풀 뒤에 숨어 있다. 눈앞을 가린 커다란 잎사귀. 이슬비가 내리는 듯하다. 톡, 톡. 잎사귀가 젖어 가는 소리. 물이 고인 바닥 위를 차박차박 걸어가는 짐승과 몬스터의 발소리. 근처에서 땅이 부드럽게 파헤쳐지는 소리. 뚜둑. 구근이 끊기는 소리. 젖은 나뭇잎을 즈려밟을 때 나는 소리.

가까워진다.

시야를 가리고 있던 암녹색 나뭇잎이 휙 들춰진다. 짧고 부드러운 고동빛 털의 두더지. 지선을 발견하고 끽끽 운다. 커튼처럼 스르륵 내려온 수풀이 거슬리는지 기다란 손톱으로 잘라 버린다. 눈은 없고 하얀 주둥이만 있는 두더지. 하얀 손을 뻗어 온다.

*

 인천 터미널에서 출발한 셔틀버스는 펜타랜드 정문 입구에 멈춰 섰다. 사람들이 다 내릴 때까지 기다렸다가 우리는 마지막에 천천히 나왔다. 정오를 조금 넘긴 시간이었다. 두 시간 내내 한 자세로 앉아 있느라 힘들었는지 엄마가 천천히 무릎을 빙글빙글 돌렸다. 나도 옆에서 스트레칭을 했다.
 오랜 악몽을 꿨다. 어릴 때부터 컨디션이 좋지 않을 때마다 반복해서 꾸는 꿈. 매번 디테일은 조금씩 달라지지만 전체적인 틀이 같았다. 배경은 펜타월드고 나는 항상 죽는다. 한 번도 아니고 다양한 방식으로 여러 번. 오늘 아침 몸을 일으키면서 디테일한 내용은 모두 휘발됐지만 천천히 쪄 죽는 것 같았던 죽음은 지금까지 선명히 남았는데, 눈을 떴을 때 실제로 땀을 뻘뻘 흘리고 있었기 때문이었다. 에어컨이 없는 작은방 문을 닫고 잔 결과였다. 그래도 버스에서 기절하듯 자고 일어났더니 컨디션이 조금 회복됐다. 매표소로 다가가는 동안 조금씩 기분이 들떴다. 악몽이 약간 찝찝하긴 했지만 지금까지 내 꿈이 어떤 효력을 발휘한 적은 단 한 번도 없었으므로, 나는 슬쩍 엄마에게 팔짱을 꼈다. 오늘 재

있게 놀자. 엄마가 말했다. 순순히 고개를 끄덕였다.

매표소에서 미리 예매한 종일권을 수령했다. 10년도 전에 저장해 둔 세이브포인트에 돌아온 느낌이었다. 항공권과 비슷한 사이즈의 티켓은 접힌 부분을 모두 펼치면 A4 용지만큼 커다래졌다. 펜타월드 4개국의 입국 도장이 찍힌 속지는 접선을 따라 찢을 수 있었다. 예전에 우리는 이 티켓을 실제 여권에 딱풀로 붙였다. 아마 이제는 유효기간이 만료되어 실제로 쓰지는 못할 테지만, 그래서 오히려 이번 티켓도 붙이기 적절할 초록색의 구여권. 아침에 엄마가 온 집 안 서랍을 다 뒤졌는데도 찾지 못한 것이 아쉬웠다.

나는 엄마에게 펜타랜드 여권을 사자고 제안했다. 티켓을 보관할 수 있는 굿즈로 각 나라별로 색깔이 달라서 보통은 좋아하는 캐릭터의 고향을 따라 샀다. 엄마는 썬더볼트의 노란색 여권이 좋다고 했다. 나는 잠시 고민했다. 그냥 똑같은 걸 살까 하다가 탈라세나반도의 파란색 여권으로 정했다. 내 최애 캐릭터 '진'의 고향이기 때문이었다.

먼저 가까운 썬더볼트로 향했다. 나라의 입구, 입국 심사장엔 보안 검색대 다섯 대가 놓여 있었다. 티켓을 펼쳐 썬더볼트 속지 QR을 갖다 댔다. 노란색 심사관 옷을 입은 튤립 머리 인형이 우리를 향해 손을 흔들었다. 썬더볼트 구역의 기념품 숍은 두 군데였다. 썬더 마을 안 유리온실과 볼트 마을 밖 튤립 미로. 우리는 공방이 함께 있는 튤립 미로 숍을 택했다. 엄마가 리히텐베르크 무늬 창도 하나 가지고 싶다 했다.

엄마는 양손을 다 써야 하는 무거운 대검보다는 한손으로 들 수 있고 빠르게 휘두를 수 있는 창이나 활, 총을 좋아했다. 그중에서도 가장 선호하는 건 단연 창이었다. 체력이 깎이든 말든 대검을 들고 돌진하며 한 방을 노리던 나와는 달랐다. 엄마는 몬스터의 공격을 피하고 체력은 온존하면서 조금씩 간을 보다가 작살처럼 창을 던져 머리를 꿰뚫어 죽였다. 창을 던지는 순간 컨트롤러에 진동이 오는데, 낚시를 해 본 적은 없지만 꾼들이 말하는 손맛이라는 게 이런 거 아니겠냐며 자주 호탕하게 웃곤 했다.

공방에 들어서자 나무 타는 냄새가 났다. 장인 코스튬의 공방 직원이 초등학생을 타이르고 있었다. 무기에 리히텐베르크 무늬를 새기는 기계를 아이가 만지려 한 모양이었다. 잘못 만졌다간 진짜 죽을 수도 있다고 겁주는 목소리가 꽤 진지했다. 진지해서 오히려 장난같이 들렸지만. 뾰루퉁 입술을 삐쭉대면서도 고개를 끄덕이는 아이가 귀여워서 나는 미소를 지으며 엄마를 바라봤다. 엄마는 직원이 손가락으로 가리킨 기계만 뚫어져라 보고 있었다. 나는 여권 하나와 매끈한 목재 창을 골라 카운터에 내려놨다.

이지선으로 해.

그때까지도 기계 쪽을 바라보고 있던 엄마가 말했다. 나는 직원이 내민 주문 제작 의뢰서에 그대로 받아 적었다. 이지선. 내 이름과 똑같지만 엄마가 말한 건 내 이름이 아니었다. 우리의 캐릭터 이름이었다. 처음 플레이어 이름을 정할 때 나는 당연히 내 이름을 붙였다. 이 집에서 주인공은 언제나 나였으니까. 그러나 함께 게임하는 시간이 쌓일수록, 주인공은 내가 아닌 우리가 됐다. 나는 할머니와 엄마의 이름을 내 이름에 욱여넣었다. 아빠가 아니라 할머니 성을 따라 이씨, '지'는 내 이름에서, '선'은 엄마 이름에서 따왔다.

치매에 걸린 장모와 더는 함께 살 수 없다는 아빠의 말에 엄마는 그날로 이혼 도장을 찍고 집을 나왔다. 그러면서 딱 3개를 챙겼다. 나, 할머니, 그리고 아빠의 콘솔 게임기. 단칸방에 어울리는 단출한 이삿짐이었다.

엄마는 할머니와 나를 돌보기 위해 쉬지 않고 종일 일했다. 처음엔 파출부 일을 했는데, 사모님 가족들이 교회에 가는 일요일 딱 하루 쉴 수 있었다. 그런 날이면 우리 셋은 점심까지 함께 늦잠을 잤다. 초등학생이던 나는 학교 갈 시간에 번쩍 눈을 뜨는 경우가 훨씬 많았지만 엄마와 함께 누워 있는 게 좋아서 이불 속에서 뭉그적거렸다. 점심 즈음 할머니가 잠에서 깨고 난 다음에야 엄마 몸을 살살 흔들었다. 그럼 가물가물한 눈으로 엄마가 나를 끌어안았다. 눅눅한 이불의 감촉과 스킨로션 냄새. 내 등을 토닥이는 손길과 엄마의 기름진 얼굴이 목 언저리에 닿던 순간이 아직도 선명했다. 늦은 오후가 되면 엄마와 함께 이불을 덮고 콘솔을 켰다. 할머니는 우리 발치에 누워 구경하거나 또 잠을 잤다.

다른 건 다 내 거지만 저건 훔쳐 온 거야. 그 인간이 적어도 너한테는, 이 정도는 해 줘야 했는데.

콘솔을 켤 때마다 엄마는 그렇게 말했다. 그러면서 게임기와 함께 훔쳐 온 유일한 게임칩「펜타월드」를 꺼냈다. 익살스러운 표정을 지으며 우스갯소리처럼 가볍게 말했지만, 그럴 때마다 나는 어쩐지 눈물이 날 것 같았다. 그때는 아빠가 보고 싶어서였다. 하지만 조금 자란 뒤에, 엄마와 이혼한 뒤 내게도 일절 연락하지 않는 아빠를 더는 원망도 하지 않게 되었을 즈음에는…… '너한테'가 아니라 '너한테는'이어서 그랬다. 엄마도 한국을 나가 본 적이 없었다. 나보다도 더 긴 시간 동안.

「펜타월드」는 플레이 정원이 1인이었다. 따라서 동시에 함께할 수 없고 번갈아 가며 해야 했다. 순서의 기준은 나였다. 나는 손이 무뎌 몬스터를 잘 잡지 못했다. 처음엔 오기가 생겨서 계속 컨트롤러를 꼭 쥐고 있었는데, 나중에는 몬스터가 나오기만 하면 엄마에게 넘겨주었다. 그러다 낚시를 하거나 탄광에서 보석을 캐야 할 때면 양손을 번쩍 치켜들었다. 그럼 엄마가 내게 다시 넘겨주는 식이었다. 나는 일주일 내내 그날만을 기다렸다. 게임보다는 엄마와의 시간이, 나를 안아 주고 서로 컨트롤러를 뺏는 척하며 와르르 웃는 그 순간이 좋았다.

 엄마는 나보다도 펜타월드를 좋아했다. 어쩌면 나와는 무관하게. 가끔 늦은 밤 눈꺼풀이 파랗게 번져서 눈을 뜨면 콘솔이 켜져 있었다. 빛을 차단하듯 할머니와 내 얼굴 앞에 앉은 엄마의 까만 등. 내가 일어난 기척을 내면 곧바로 꺼 버렸기에 나는 자는 척 고르게 숨을 쉬려 노력했다. 엄마는 스토리 진행은 하지 않았다. 가끔 버섯을 줍거나 낚시를 하기도 했지만 몬스터를 잡거나 NPC들이 주는 미션을 해결하지는 않았다. 그냥 네메시온 밖의 사막이나 탈라세나반도의 바다를 따라서 한참을 뛰어다녔다. 가장 많이 있던 곳은 썬더볼트 마을 인근 삼림이었다. 낮에도 어둡고 습하게 안개가 끼는 곳. 울창하게 내려온 거대한 잎사귀가 온갖 것을 숨겨 주는 곳. 몬스터도 숨을 수 있고 지선도 숨을 수 있는 곳. 음소거를 해서 아무 음향도 없는 그런 깜깜한 곳에 엄마는 한참 앉아만 있었다.

*

　땅파굴, 실제로 보니까 좀 징그럽더라.
　튤립 미로 코너를 돌기 직전 먼저 튀어나온 땅파굴을 보고 나는 비명을 질렀다. 주먹도 내질렀는데 다행히 닿지는 않았다. 엄마는 깔깔 웃다가 땅파굴 인형 탈을 쓴 직원에게 대신 사과했다. 땅파굴은 괜찮다는 듯 긴 손톱이 달린 손을 살랑살랑 흔들더니 내 손목을 잡고 미로 중앙으로 이끌었다. 중앙에 도착해 양파처럼 생긴 튤립 구근을 받았다. 유료 아이템 같아 거절하자 땅파굴은 허공에 주먹 내지르는 시늉을 하더니 내게 따봉을 날리며 결국 구근을 품에 안겨 주었다. 받고 보니 초콜릿이었다. 미로를 나오는 동안 엄마는 간간히 웃음을 터트렸다. 나는 그런 엄마를 째려보는 척했지만 실은 안심이 됐다. 오랜만에 듣는 큰 웃음소리가 듣기 좋았다. 구근 껍질을 벗겨 엄마 입에 밀어 넣었다.

옛날에 함께 갔던 경양식 레스토랑에서 점심을 먹기로 했다. 우리는 오세아니아로 넘어갔다. 식당가인 캐피탈은 오세아니아 꼭대기, 견고하고 높은 시멘트 벽 안에 있었다. 나는 엄마의 상태를 확인했다. 저기까지 갈 수 있을까. 다리가 아픈 것 같지는 않았지만 호흡이 가빴다. 아까보다 걸음이 느려진 것 같기도 했다. 조금 올라가다가 멈춰 서고, 숨을 고른 뒤 다시 걸었다. 뒤에서 오던 사람들이 하나둘 우리를 앞질러 나갔다. 팔짱을 끼고 부축하자 엄마가 살짝 내게 몸을 기댔다. 원래 나보다도 걸음이 빨랐던 엄마였는데. 나는 괜히 투덜거렸다.

오세아니아 입국 심사대에선 사진을 찍어야 했다. 보안 검색대 뒤에 선 치유대가 티켓과 우리 얼굴을 번갈아보며 검사하는 척하다가 내 휴대폰을 가져갔다. 무슨 포즈 할래?

내 질문에 엄마가 반사적으로 브이 했다. 동시에 안쪽에서 국가가 흘러나왔다. 휙 소리가 날 정도의 절도 있는 몸짓으로 치유대가 호수 전광판을 향해 경례했다. 기념사진 안 찍어 줘도 되니까 내 휴대폰은 돌려주고 하시지……. 조금 머쓱해서 엄마에게 귓속말했다.

미국은 입국 심사가 엄청 빡빡하대. 이런 느낌인가.

여기가 더한 것 같아. 거긴 휴대폰은 안 뺏어 갈 거 아냐.

서로를 마주 보며 웃음을 참는데, 국가가 끝났다. 치유대가 절도 있게 우리 쪽으로 돌아섰다. 앞에 서십시오. 땅바닥에 새겨진 발자국을 가리키며 치유대가 내 휴대폰을 다시 들어 올렸다. 우리는 나란히 섰다. 내가 반쪽 하트를 내밀자 엄마가 나머지를 채웠다.

캐피탈 안으로 들어섰다. 유럽 어딘가의 건축물처럼 생긴 식당들이 호수를 빙 둘러싸고 있는 곳. 예전에 왔을 때는 커다랗고 반짝반짝해서 진짜 외국에 온 기분이 들었는데. 다시 본 건물들은 기억만큼 커다랗지 않았다.

경양식 레스토랑에 입장했다. 점심시간이 지나서인지 내부가 한적했다. 우리 빼고 두 테이블 밖에 없어서 호수가 보이는 창가에 앉을 수 있었다. 전에 왔을 때도 창가에 앉았었는데, 그때도 느지막이 점심을 먹었나. 코스튬을 입지 않아도 좋은 자리에 앉을 수 있는 방법을 엄마는 알고 있었을까? 화장실에 간 엄마를 기다리면서 그런 생각을 하다가 여권 재발급 방법을 검색했다. 인터넷으로도 신청이 가능했다.

 처음 여권을 만들던 때가 떠올랐다. 발단은 친구의 제안이었다. 딱 300만 원만 가져오면 방학 내내 유럽에 다녀올 수 있다고, 함께 가자고 했다. 어디였는지 정확히 기억나진 않지만 친구네 아버지는 대기업에 다니고 있었는데, 회사에서 자녀의 친구까지 숙소 지원을 해 준다 했다면서. 300만 원이 정말 큰돈이란 건 알고 있었다. 알고는 있었지만 친구의 빛나는 눈과 전혀 어렵지 않은 일이라는 듯 가볍게 권유하는 그 태도(딱! 300만 원만 가져오면 돼!)가 어쩌면 그렇게 큰돈은 아닐지도 모른다는 착각에 빠지게 했다.

 엄마의 퇴근을 기다리는 내내 도둑질하는 것처럼 자꾸 심장이 쿵쿵 뛰었다. 어쩌면 될지도 모른다는 희망 때문이기도 했다. 해가 저물고 엄마가 돌아왔다. 현관으로 마중 나갈 때까지 나는 확실히 결정을 내리지 못한 상태였는데, 엄마를 보자마자 마치 폭로하듯 입이 열렸다. 잠시 침묵하던 엄마는 단호하게 안 된다고 답했다. 신발을 벗고, 나를 스쳐 지나갔다. 내 쪽은 쳐다도 보지 않았다. 얼굴을 마주 보고 싶었지만 엄마는 쫓기듯 옷을 챙겨 욕실로 들어갔다.

　나는 불이 꺼진 현관에서 한참 울었다. 주먹을 꽉 쥐고 씩씩대다가 물소리가 그치자 쫓기듯 이불 속으로 들어갔다. 언니, 왜 울어? 같이 자자……. 그때쯤 나를 언니라고 부르기 시작했던 할머니가 내 등을 토닥였다. 나는 할머니를 꼭 끌어안고 숨을 참았다. 그래도 눈물방울이 콧대를 넘어 흘러내렸다. 달칵, 화장실 문이 열렸다. 엄마의 젖은 발이 방 한편으로 향했다. 냉장고 문이 열렸다가 그냥 닫혔다. 나는 계속 숨을 참았다. 울고 있다는 걸 들키고 싶지 않았다. 엄마가 TV를 켰다. 할머니가 파랗게 물들었다. 나는 눈을 감아 버렸다. 할머니가 코를 고는 소리. 엄마가 이불 쪽으로 걸어왔다.

　우린 이미 해외여행 네 번이나 다녀왔잖아.

　돌아누운 내 등에 살짝 무게를 실어 기대앉으며 엄마가 말했다. 툭, 옆구리로 컨트롤러 하나가 올라왔다. 뒤로 돌자 TV에 펜타월드 시작 화면이 떠 있었다. 엄마가 젖은 내 얼굴을 닦아 주었다. 나는 컨트롤러를 저 멀리 던져 버렸다.

　얼마 뒤 할머니가 요양병원에 들어갔고 펜타랜드가 개장

했다. 그때쯤 급식소에서 일하기 시작했던 엄마는 하루 휴가를 냈다. 아침에 동사무소에 가서 여권을 수령하고 오후에는 펜타랜드에 갔다. 저녁에 집으로 돌아와서는 가위로 티켓을 4등분 해 딱풀로 여권 안에 붙였다.

돈가스가 나오고 엄마도 돌아왔다. 웬일인지 칼질이 서툴러서 내 접시와 바꿔 주었다. 새로운 돈가스를 자르면서 나는 내가 컨트롤러를 던졌던 날 파리채로 종아리 맞은 이야기를 꺼냈다. 이를 악물고 신음을 참자 엄마가 파리채를 내게 넘기며 자신의 잠옷 바지를 걷었다. 세게 때려. 살살 때리면 다시 혼날 줄 알아. 잘못 키운 본인 잘못이라면서 엄마는 그렇게 말했고 나는 엉엉 울면서 그 말대로 했다. 지금 와서 생각해 보니 청춘 드라마 혹은 시트콤에 나올 것 같은 상황이지 않나. 평소 드라마도 잘 보지 않는 엄마가 할 행동이라기엔 다소 극적이었다. 대체 어디서 영향을 받았던 거냐고 묻자 엄마가 풉 웃었다.

그런 것 같기도 하고. 나는 근데 네가 그렇게 진심으로 세게 때릴 줄 몰랐어.

세게 때리라며.

어린 게 힘은 드럽게 세.

엄마는 포크까지 놓고 웃어 댔다. 나도 같이 웃음이 터졌다. 씹고 있던 돈가스를 삼키지도 못하고 깔깔댔다. 그 다음 날 나보다도 더 퉁퉁 불어 있던 엄마의 종아리가 생각났다. 나는 약간 보라색. 엄마는 검은 보라색. 우리는 한동안 박장대소했다. 겨우 멈췄다가도 눈이 마주치면 다시 시작되었다. 결국 다 먹을 때까지 각자의 접시만 보면서 먹기로 합의하고 식사를 재개했다.

　실없는 소리로 엄마랑 이렇게 웃은 게 얼마만일까. 병원에선 가끔 이랬던 것 같기도 한데. 웃음의 여운을 곱씹으며 앞으로도 오늘만 같았으면 좋겠다고 생각하다가…… 그런데 언제까지? 불쑥 의문이 솟았다. 엄마는 오늘 언제쯤 알려 주려는 걸까. 확실한 끝을 알고 있는 것과 아예 모르는 건 달라도 너무 달랐다. 오늘처럼 이런 활동도 가능하다면 사실 내가 남는 게 필수는 아니지 않나. 몸이 아프니 외로운 걸까. 아님 혹시 다른 문제가 있나? 그제야 나는 엄마의 추가 검사 결과를 듣지 못했다는 사실을 깨달았다. 당장 묻고 싶었지만 나는 돈가스를 더 잘게 자르며 참았다. 지금 이 분위기를 망치고 싶지는 않았다. 식사가 끝날 때까지만, 그때까지만 미루자. 눅눅해진 튀김옷이 나이프에 쉽게 뭉그러졌다.

*

 탈라세나반도로 넘어갔지만 워터 파크 말고는 즐길 게 없었다. 워터 파크 전용권이 따로 있어서 펜타랜드 이용권으로는 입장도 불가했다. 밖은 작은 마을처럼 벽에 캐릭터들의 집이 그려져 있었지만 모두 다 직원 통로일 뿐이었다. 우리가 즐길 수 있는 건 기념품 숍 하나와 3미터 정도의 작은 수로밖에 없었다.

 우리는 입구 옆 보안검색대에서 입국 도장만 찍고 기념품 숍으로 향했다. 여권을 하나 고르고 티셔츠 섹션도 살펴보았다. 총으로 어딘가를 저격 중인 진의 뒷모습이 프린팅된 티셔츠가 딱 한 장 남아 있었다. 엄마가 사 주겠다고 나섰다. 옛날에 왔을 때 내가 갖고 싶어 하는데도 모르는 척해야만 했던 게 본인 한이라면서. 나도 그 기억 때문에 이 섹션을 뒤적인 거긴 한데, 어쩐지 마음이 동하지 않았다. 서울로 대학 간 이후 자취를 시작하면서 펜타월드를 거의 잊고 살았다. 그래서일까? 예전처럼 두근거리지가 않았다. 그래도 엄마가 성화여서 결국 구매했다.

 수로 앞 벤치에 자리를 잡았다. 게임에선 피라냐가 살고 있어 컨트롤 부족으로 물에 빠지기라도 하면 곧장 게임 오버였다. 근처 노점에서 페가수스 모양 아이스크림을 샀다. 날개를 베어 물자 레몬셔벗 맛이 났다. 철조망 너머로 거대한 페가수스와 유수 풀이 보였다. 예전에는 저 안에 풍덩 뛰어들고 싶어 어쩔 줄을 몰랐었는데. 지금은 물이 참 푸르다는 생각뿐이었다. 파란 타일 때문이겠지만.

퍼레이드 어디 따라갈 거야?

너는 어디 가고 싶은데?

펜타랜드의 퍼레이드는 중정을 한 바퀴 돌고 나면 고향별로 대열을 나눠 흩어졌다. 캐릭터들이 고향으로 향하는 동안에는 자유롭게 상호작용이 가능했다. 물론 손님 간의 치열한 경쟁을 뚫어야만 했다. 이전에 방문했을 땐 진과 사진을 찍고 싶었지만 인파를 뚫지 못했다. 진이 자신의 집으로 들어갈 때까지 인사조차 못했다. 기왕 오늘 온 거 그때 못 한 인사를 다시 해 볼까 싶었는데, 사실 어디든 상관없었다. 나는 어깨를 으쓱이고 남은 아이스크림을 마저 먹었다.

나는 타이밍을 가늠하고 있었다. 언제 물어야 할까. 서로의 기분을 망치지 않도록 어떻게? 자취방으로 돌아가고 싶다고, 혼자 있고 싶다고, 서로가 가끔만 들여다봐도 괜찮았던 때로 다시 돌아가고 싶다고. 이런 마음들을 티 내지 않으려면 어떤 순간에 어떤 식으로? 다 먹은 아이스크림 막대를 엄마가 가져갔다. 벤치에서 두 걸음 떨어져 있는 쓰레기통으로 향하는 다리가 절뚝거렸다. 나는 또다시 스스로를 견디기 힘들어졌다. 엄마를 걱정하지 않는 것은 아니었다. 무릎 수술 경과를 더 지켜봐야 하는 비교적 단순한 문제가 아니라 만약 정말 다른 이상이 생긴 거라면 나는 울게 되겠지. 하지만…… 그러니까 계속해서 '하지만'을 생각하게 된다는 점이 역겨웠다.

바람이 불었다. 락스 냄새가 났다. 할머니 방에서 나던 냄새와 비슷했다.

단칸방에서 투룸인 주택 2층 월세로 방을 옮기면서, 할머니는 작은방에 갇혔다. 원래 내 몫의 방이었지만 이사를 한 뒤 할머니의 상태가 급격히 중해지면서 보류되었다. 나는 학교에 가야 했고 엄마는 일하러 가야 했다. 아무도 할머니를 돌봐 줄 사람이 없었다. 방에는 항상 전기장판과 요가 깔려 있었다. 할머니는 그 위에 애벌레처럼 옆으로 몸을 말고 누워 작은 텔레비전만 하염없이 바라봤다. 구석에는 엄마가 시장에서 사 온 구리색 요강 하나. 뚜껑을 꼭 닫아 놔도 지린

내가 새어 나왔다. 그걸 비우는 건 엄마의 몫이었다. 퇴근하자마자 엄마는 새지 않도록 조심조심 들고 화장실로 갔다. 변기에 오물을 쏟아 붓고 물로 헹구고 락스 물로 요강을 닦고 나면, 방바닥도 닦았다. 무릎을 꿇고 엎드려서 힘껏 걸레질했다. 끙 하는 신음, 땀이 난 뒷목에 달라붙은 짧은 머리카락. 그런 것들을 볼 때면 내가 겪는 모든 일들이 다소 사소해졌다. 엄마가 학교나 교우 관계에 대해 물어 올 때 그냥 다 괜찮다고 답할 수밖에 없던 이유. 나의 힘든 일은 집에만 들어가면 금세 보잘것없어졌고, 즐거운 일은 엄마를 조롱하는 것처럼 느껴졌다. 할 수 있는 말이 없었다.

쉬는 날에도 우리는 더 이상 함께 게임을 하지 않았다. 나는 집에 들러 밥만 먹고 부지런히 밖으로 나갔다. 부쩍 늘어난 엄마의 돈 얘기를 감당하기 힘들었다. 이번 달엔 전기세가 얼마 나왔고, 가스비가 얼마고, 할머니 기저귀 값이 얼마고, 보험비가 오르고……. 그런 이야기들은 내가 해야만 하는 말들에도 브레이크를 걸었다.

네가 빌려준 돈, 보험금 나온대. 영어학원 다시 가.

바로 지금처럼. 할머니 보고 싶다는 말을 꺼낸 참이었는데, 엄마는 또 보험비 이야기를 꺼냈다. 말문이 막힘과 동시에 가슴이 철렁 내려앉았다. 의사가 추가 검사를 권유한 날, 엄마는 병원 원무과로 향했다. 보험 적용이 되나요? 그걸 묻기 위해서였다. 만약 확실한 이상이 발견되면 건강보험이 소급 적용되지만 아닐 경우 받을 수 없다. 직장에 있던 내게 전화를 걸어 엄마는 그 사실을 먼저 밝혔다. 무슨 문제가 있나 싶어 덜컹였던 마음은, 큰일은 아닐 건데 그냥 의사가 해 보라니까 한번 해 보면 좋을 것 같긴 하다는 엄마의 횡설수설을 들으며 점차 짜증으로 변했다. 그럼 돈 돌려받으려고 아프기라도 해야 돼? 나는 신경질적으로 말을 끊었다. 엄마는 아니라면서도 계속 보험비 얘기를 하다가, 어렵게 용건을 꺼내 놓았다. 검사비를 빌려달라고 했다. 보험비가 나오면 꼭 돌려주겠다면서.

보험비가 나온대?

아마도.

왜?

확실한 이상이 있대. 그래서 준대.

엄마를 뚫어져라 바라봤다. 정확히 무슨 이상이냐 묻자 엄마가 병명을 말해 주었는데, 생소했다. 그래서 별거 아닌 것처럼 느껴지기도 했고 동시에 별거처럼 느껴지기도 했다.

저기 봐 봐. 페가수스 움직인다. 엄마가 앞을 턱짓하며 말했다. 대수롭지 않다는 태도였다.

요즘 팔도 가끔 안 움직여.

……

옛날에 요강 치울 때. 방바닥 닦다가 이불 근처까지 가면 할머니가 내 옷깃을 잡고 안 놔주곤 했어. 거치적거리니까 놓으라고 해도 놓지를 않아. 근데 손을 탁 쳐 버리면 악착같이 잡고 있던 게 거짓말처럼 툭 떨어졌어. 할머니가 막 운다. 훌쩍훌쩍하기도 하고 어쩔 땐 악을 쓰면서 울어. 한 번을 안 달래 줬어. 다 무시했지. 그땐 그게 그렇게 화날 수가 없었는데. 근데 할머니 돌아가시고 나니까 있잖아. 다른 것보다도 그게 제일 가슴에 맺혀.

엄마도 나를 그렇게 잡겠다는 거야? 순간 그런 반문이 머릿속을 스치고 지나갔다. 저 멀리서 물이 뿜어지고 바닥으로 쏟아지는 소리와 함께 즐거운 비명이 들려왔다. 엄마가 나를 향해 천천히 고개를 돌렸다. 눈이 마주치기 전에 재빠르게 앞으로 시선을 돌렸다. 들킬 것 같았고, 이미 들킨 것 같기도 했다.

철조망 너머 페가수스가 비상하려는 듯 앞발을 들어 올렸다.

　　　　　　　　　＊

　자리에서 벌떡 일어난 엄마가 네메시온 방향으로 사라졌다. 멍하게 앉아 있던 나는 뒤늦게 정신을 차리고 뒤따라갔다. 심각한 건가? 어디에 문제가 생긴 거지? 수술비는 얼마지? 나는 그 병이 감기 같은 건지 암 같은 건지 구분할 줄도 몰랐다. 나는 잠깐 멈춰 보라고, 집에 돌아가자고 외쳐 댔다. 사람들의 눈길이 내게 몰렸지만 상관없었다.

　퍼레이드는 보고 가야지.

　우뚝 멈춘 엄마가 나를 돌아보며 말했다. 나는 전혀 그럴 기분이 아니었다. 가까이 다가가지 못하고 가만히 바라보기만 했다. 엄마는 다시 바쁘게, 하지만 느린 걸음으로 멀어져 갔다. 도착지는 네메시온 입국 심사장 바로 뒤, 콜로세움을 닮은 검은 건물이었다. 안내판에 VR 연습장이라고 적혀 있었다. 문가에서 직원 두 명이 VR 기기를 나눠 주고 있었다. 나도 하나 받아서 엄마를 뒤따라갔다. 안은 층고가 높은 텅 빈 공터였다. 바닥에는 씨름판처럼 모래가 깔려 있었다. 의체 굿즈를 착용하고 머리에 기기를 뒤집어쓴 사람들이 한가득했다. 금방이라도 부딪힐 것처럼 위험해 보였는데, 이상하게 아무도 부딪히지 않았다.

　엄마는 그 틈바구니 속에 있었다. 기기를 뒤집어쓰는 모습이 보였다. 저러다 넘어질까 걱정됐다. 황급히 다가가려는데 계속 사람들과 부딪힐 뻔했다. 뛰지 마세요! 기기 착용하셔야 합니다! 안전에 유의하세요! 구석에 서 있던 직원이 나를 바라보며 소리쳤다. 나는 기기를 착용했다. 공터가 사라졌다.

　대신 펼쳐진 건 끝없는 사막. 사람들은 사라지지 않았다. 오아시스 근처에 가장 많은 인파가 몰려 있었다. 엄마는 그들과 동떨어진 구석에 있었다. 벽을 따라 걷고 있는 듯 오른손을 허공에 짚은 채 큰 원을 그리며 걸었다. 나는 그곳으로 다가가려 했다. 그런데 자꾸 부딪힐 뻔했다. 걸을 때 흔들리는 팔이, 모래를 박차는 다리가, 휘날리는 머리카락이 나를 뚫고 들어왔다. 다른 이들은 무심하게 제 갈 길을 가는데 나만 허우적댔다. 그동안 엄마는 계속 앞으로 나아갔다. 내가 겨우 인파 속을 헤치고 나왔을 때는 한 바퀴를 돌아 처음 그 자리에 우뚝 멈춰 있었다.

　곧 퍼레이드 시간이야.

　나를 돌아보며 엄마가 말했다. 작열하는 태양빛에 환히

물든 얼굴이 낯설었다.

*

그곳은 의체의 무덤.

지선은 그 속에 숨어 있다.

로봇들이 서핑보드를 끌고 순서대로 출발한다. 모래바람이 인다. 인체의 모든 구멍으로 황사가 스며든다. 눈을 감고 버틴다. 작열하는 태양빛. 무덤이 뜨겁게 달궈진다. 온몸이 땀에 젖는다. 눈을 뜨기 어렵다. 근육이 쪼그라드는 느낌. 모든 로봇이 떠나고 지선 혼자 남는다. 밖으로 나가려 한다. 발버둥 쳐 보지만 움직일 수 없다. 온몸이 짓눌렸다.

바닥난 체력 게이지가 깜빡이기 시작한다.

경고음

*

중정은 퍼레이드를 기다리는 사람들로 이미 가득했다. 직원들이 길을 통제하며 양옆으로 줄을 세우고 있었다. 맨 앞줄에 있는 사람들은 바닥에 철퍼덕 앉아 있었지만 뒷줄은 마냥 서 있어야 했다. 엄마는 앞줄에서 보고 싶다며 입구 쪽으로 걸음을 옮겼다. 줄은 개선문 뒤 썬더볼트 앞까지 이어져 있었다. 아직 시작하려면 20분이나 남았는데도 그랬다. 그동안 엄마의 무릎으로 양반다리를 하고 앉아 있는 것도, 계속 서 있는 것도 말이 안 돼서 한적한 벤치를 찾았다. 중심 길에서 다섯 발자국 정도 떨어진 곳이었다. 엄마는 서서 기다리겠다며 벤치에 앉지 않으려 했다.

 내가 앞에 있을게. 이따 시작하면 와.

 대답도 듣지 않고 나는 앞으로 가서 털썩 주저앉았다. 바로 휴대폰을 꺼내 검색을 시작했다. 느린 움직임, 떨림, 인지저하, 그리고 보행동결. 발이 땅에 달라붙은 것처럼 떨어지지 않는 느낌. 대부분의 증상이 지금 엄마의 상태와 같았다. 휴대폰을 든 오른손이 너무 무거워서 어깨가 빠질 것처럼 아팠다. 나는 몰랐던 걸까, 모르고 싶었던 걸까. 얼음 땡 같았다는 말에 가볍게 타박하고 넘어갔던 나의 태도가 그제야 의아해졌다. 살면서 나는 한 번도 겪어 본 적 없고, 본 적도 없는 증상이다. 전혀 일반적이지 않았다. 그런데도. 스스로가 믿기지 않았다. 병의 진행 속도 빠름. 생명에 지장 있음. 거기까지 읽고 더 스크롤을 내리기가 힘들어서 휴대폰을 끄고 머리를 감싸 안았다.

엄마가 병원에서 퇴원하던 날 도와준 동창과 그날 저녁 술을 마시며 나눈 대화가 문득 떠올랐다. 앞으로 네가 고생하겠다. 동창의 위로에 나는 아무 말이나 주워섬겼다. 무릎이 나을 때까지만 버티면 그 이후에는 다시 엄마 혼자 잘 살 거야. 그땐 나도 몰라, 이씨. 동창은 잠자코 소주를 마셨다. 그러다 내게 엄마 나이를 물었다.

은퇴까지 10년도 안 남으셨네.

미리미리 준비해. 나처럼 되지 말고. 오랜 기간 아버지를 간병한 동창이었다. 나는 말문이 막혀 버렸다. 물론 언젠가 내가 엄마를 책임지게 될 날이 올 거라는 건 알고 있었다. 하지만 그건 언제나 막연한, 먼 미래의 일이었다. 그런데 10년이라니. 구체적인 숫자를 듣는 순간 어쩌면 그게 아닐지도 모른다고……. 그래도 여전히 아직은, 나중 일이라 여겼다.

잔뜩 취해서 집에 가던 길. 골목을 돌기 전 뒤를 돌아보자 가로등 밑에서 나를 지켜보고 있던 동창이 손을 흔들었다. 감은 눈꺼풀 위로 자꾸만 그 검은 실루엣이 새겨지듯 떠올랐다.

티셔츠 쇼핑백은 어쨌어?

어느새 다가온 엄마가 내 어깨를 짚으며 물었다. 그러고 보니 없었다. 수로 앞 벤치에 놓고 온 모양이었다.

엄마의 멈춰 버린 다리는 개선문을 통과한 퍼레이드 선두가 우리 앞을 지나기 직전 다행히 풀렸다. 나는 황급히 엄마를 끌어당겼다. 곧이어 불가사리처럼 생긴 비행선에 올라탄 내 최애 캐릭터가 지나갔다. 기본 착장인 흰 와이셔츠와 남색 카고바지를 입었다. 오른손에는 총, 왼손에는 줄 달린 회중시계를 들었다. 눈이 마주친 것 같았다. 착각인가 했는데, 진이 총 끝으로 나를 지목했다. 반대 손으로 입꼬리를 끌어올리는 시늉도 했다. 이곳에서 웃고 있지 않은 사람은 나뿐이었으므로, 나를 본 것이 분명했다. 마주 웃으려 했지만 잘 되지 않았다.

중정 끝에 도달한 행렬은 다시 개선문으로 돌아갔다. 썬더볼트, 오세아니아, 탈라세나반도, 네메시온. 각국의 커다란 국기 밑에 나눠 모였다. 그리고 각자의 나라로 흩어졌다. 탈것에서 내린 캐릭터들이 자신을 뒤따르는 사람들과 포옹하고 대화를 나눴다. 다시는 못 볼 거라 여겼던 이들과 재회

한 것처럼 아주 반갑게.

　가서 쇼핑백 가져와. 이번엔 진이랑 인사도 좀 하고.

　엄마는 리히텐베르크 창을 수령해 오겠다고 했다. 같이 가자고 했지만 엄마는 고개를 저으며 잡고 있던 손을 놓았다. 한 번 꽉 잡혔다 놓인 손이 저릿저릿했다. 엄마는 느릿한 걸음으로 썬더볼트 대열에 합류했다. 멀어져 가는 뒷모습을 잠시 바라보았다. 부드럽게 접히지 않는 뻣뻣한 오금. 멈추지 않고 부지런히 가는데도 터무니없이 느려서, 뒷사람들이 끊임없이 앞질러 갔다. 눈을 꾹 감았다 떴다. 먼저 손을 놓은 건 엄마인데, 왠지 내가 놔 버린 것 같다는 생각. 그냥 이대로 멈춰서 엄마가 돌아올 때까지 마냥 기다리고 싶어졌다. 하지만 쇼핑백을 찾아야 했다. 엄마와 내 여권이 그 안에 들어 있었다.

　탈라세나반도 행렬은 아직 중정을 가로지르는 중이었다. 바쁘게 걸었다. 그러다 진을 발견했다. 비행사 코스튬을 입은 손님과 사진을 찍어 주는 중이었다. 탈라세나반도 최고의 비행 실력을 가졌지만 아픈 엄마를 보살피기 위해 용사가 되고 싶다는 꿈을 포기하려 했던 진. 결국 포기하지 못해서 집을 뛰쳐나왔다. 그리고 승리를 쟁취해 다시 고향으로 돌아가고 있다. 나는 즐겁게 웃고 떠드는 사람들 사이를 돌파했다. 가까이 다가가려 했지만 도저히 따라 잡을 수가 없었다. 진은 기념품 숍 옆 자신의 집으로 들어가 버렸다.

  수로 앞 벤치는 텅 비어 있었다. 쇼핑백은 사라지고 없었다. 주변도 살펴보았지만 소용없었다. 나는 검은 물이 흐르는 수로를 내려다보았다. 그 위로 어젯밤 악몽이 떠올랐다. 늦은 밤, 홀로 조용히 게임하는 엄마의 뒷모습을 보다가 스르륵 다시 잠에 들면 꼭 꾸었던 꿈. 깨고 나면 그동안 반복되며 쌓이고 또 쌓인 내용들이 한꺼번에 나를 덮쳤다. 해일이 몰려오듯이.

  저 멀리 어디선가 사이렌이 울려 퍼졌다. 'game over'가 화면에 뜰 때 들리던 경고음과 비슷한 소리였다.

펜타랜드

초판 1쇄 인쇄 2025년 7월 30일
초판 1쇄 발행 2025년 8월 8일

지은이 양기연
책임편집 김은혜 | **편집** 정소영 김혜원
주간 김종숙 | **기획실** 정진우 정재우
디자인 강희철 | **표지 디자인** 상록 | **표지 일러스트** 소만
마케팅 홍보 고다희 | **디지털콘텐츠** 구지영
제작 관리 윤준수 고은정 김선애 | **제작처** 영신사

펴낸곳 도서출판 열림원 | **펴낸이** 정중모
출판등록 1980년 5월 19일(제406-2000-000204호)
주소 경기도 파주시 회동길 152
전화 031-955-0700 | **팩스** 031-955-0661
홈페이지 www.yolimwon.com | **이메일** editor@yolimwon.com
페이스북 /yolimwon | **트위터** @yolimwon | **인스타그램** @yolimwon

ⓒ양기연, 2025

ISBN 979-11-7040-342-5 03810

• 저자와 출판사의 서면 허락 없이 내용의 일부를 무단 도용하거나 발췌하는 것을 금합니다.
• 책값은 뒤표지에 있습니다. 잘못된 책은 구입하신 곳에서 교환해 드립니다.